彼得·潘

Peter Pan

【英】詹姆斯·巴里 著

杨静远 译

云南人民出版社

果麦文化　出品

目 录

第一章　彼得·潘闯了进来

　　所有的孩子都要长大的，只有一个例外。所有的孩子很快都会知道，他们将要长大成人。温迪是这样知道的：她两岁的时候，有一天在花园里玩，她摘了一朵花，拿在手里，朝妈妈跑去。我琢磨，她那个小样儿一定是很讨人喜欢的，因为达林太太把手按在胸口上，大声说："要是你老是这么大该多好啊！"事情的经过就是这样。可是，打那以后，温迪就明白了，她终归是要长大的。人一过两岁就会知道这一点。两岁，是个结束，也是个开始。

　　当然了，他们住在这条街十四号的那所宅子里，在温迪来到世上以前，妈妈自然是家中的主心骨。她是个招人喜欢的太太，一脑子的幻想，还有一张甜甜的、喜欢逗弄人的嘴。她那爱幻想的脑子，就像从神奇东方来的那些小盒子，一个套一个，不管你打开了多少个，里面总还藏着一个。她那张甜甜的、喜欢逗弄人的嘴，老是挂着一个温迪得不到的吻，可那吻明明就在那儿，就在右边的嘴角上挂着。

达林先生是这样赢得他太太的心的：当她还是个女孩的时候，周围有好些男孩，他们长成大人后，忽然发现——他们一齐爱上了她，他们都跑进她家向她求婚；只有达林先生的做法不同，他雇了一辆马车，抢在他们前头来到她家里，于是就赢得了她。达林先生得到了她的一切，只没有得到她那些小盒子中最里面的一个，还有那个吻。那只最里面的小盒子他从来也不知道它的存在，那个吻他渐渐地也不再想去求得了。温迪心想，兴许拿破仑能得到那个吻，不过据我估计，拿破仑必定也试图求吻来着，过后却怒气冲冲地摔门而去了。

达林先生时常向温迪夸口说，她妈妈不光爱他，而且敬重他。他是一个学问高深的人，懂得股票和红利什么的。当然啦，这些事谁也搞不清，可达林先生像是挺懂行的，他老是说，股票上涨了，红利下跌了。

他说得总是那么头头是道，就像随便哪个女人都得佩服他似的。

达林太太结婚时，穿一身雪白的嫁衣。起初，她把家用账记得一丝不苟，甚至很开心，像玩游戏一样，连一个小菜芽都不会漏记。可是渐渐地，整个整个的大菜花都漏掉了，账本上出现了一些没有面孔的小娃娃的图像。在她应该记账的地方，她画上了这些小娃娃。她估摸，他们要来了。

第一个来的是温迪，接着是约翰，随后是迈克尔。

温迪出生后一两个星期，父母不知道能不能养活她，因为又添了一张吃饭的嘴。达林先生有了温迪后自然非常得意，可他是个实实在在的人，他坐在达林太太的床沿上，握着她的手一笔一笔给她算开销。达林太太带着央告的神情望着他。她想，不管怎么着也得冒一次风险，可达林先生的做法不是这样的。他的做法是拿来一支铅笔和一张纸算细账。要是达林太太提意见搅乱了他，他又得从头算起。

"好了，别插嘴了。"他央求说，"我这儿有一镑①

_____

① 即英镑，英国货币单位，旧时1镑=20先令，1先令=12便士。现已取消先令，1镑=100便士。（本书注释如无特别说明，均为译者注。）

十七先令，在办公室还有两先令六便士；办公室的咖啡我可以取消，就算省下十先令吧，就有两镑九先令六便士。加上你的十八先令三便士，合计三镑九先令七便士，我的存折上还有五镑，总共八镑九先令七便士——是谁在那儿动？——八——九——七，小数点进位七——别说话，亲爱的——还有你借给找上门来的那个人的一镑钱——安静点，乖乖——小数点进位，乖乖——瞧，到底让你给搅乱了——我刚才是说九——九——七来着？对了，我说的是九——九——七；问题是，我们靠这个九——九——七，能不能试试看对付一年？"

"我们当然能，乔治。"达林太太嚷道。她当然是偏袒温迪的，可达林先生是两人中更有能耐的一个。

"别忘了腮腺炎，"达林先生几乎带点威胁地警告她，接着又算下去，"腮腺炎我算它一镑，不过我敢说，更大的可能要花三十先令——别说话——麻疹一镑五先令，风疹半个几尼，加起来是两镑十五先令六便士——别摇手——百日咳，算十五先令。"——他继续算下去，每次算出的结果都不一样。不过最后温迪总算熬了过来，腮腺炎减到了十二先令六便士，两种

中文分级阅读五年级导读

亲爱的家长朋友：

您好！您打开的是中文分级阅读的五年级图书。也许您纯粹出于好奇，也许您家里正有一位五年级的小朋友。

五年级阶段的儿童一般在 10-11 岁。经过几年的学习和积累，他们已经有了一定的阅读理解能力，逻辑思维能力逐渐加强，创造思维也有较大发展，逐渐可以阅读主题含义较为深刻的读物。这个阶段的儿童，已经初步形成了自己的阅读品味和审美趣味。求知欲强的孩子会倾向于阅读有一定挑战的作品，追求更为深入的阅读体验。

这套由亲近母语和果麦文化联合打造的中文分级阅读文库，针对不同阶段的孩子专门配备了适宜的阅读套餐。亲近母语有着近 20 年儿童阅读研究的专业积累，果麦文化有着优秀的出版品质和行业口碑。这套文库，基于亲近母语研发的中文分级阅读标准，根据 6-15 岁儿童的认知与心理特点，以及儿童阅读能力和素养发展的要求，共 9 个级别，精选 108 本经典作品。为每一个孩子，择选更适合的童书。

五年级从这个阶段儿童的语言、阅读和心理特点出发，择选了童话、儿童小说、古典小说、民间故事、动物故事、历史故事等12本优质作品。不同文体的搭配以及多种题材的选入，能够给孩子们带去丰富多样的阅读体验。

　　《中国民间故事》中那些原汁原味的经典民间故事，以优美、流畅的语言，重述富含中华民族传统智慧的老故事，给孩子们最深的中国记忆。相比前几级，五年级阶段的儿童已经能够运用默读、浏览、回读等多种阅读策略，因此可以自主阅读章节较多、矛盾冲突激烈的古典小说。我们选择了一百回世德堂本的《西游记》和一百二十回毛评本的《三国演义》，力图为孩子们提供更可信的权威文本。《林汉达中国历史故事·春秋战国》是著名教育家、语言学家林汉达先生为孩子们编写的一套历史读物。他以通俗易懂的现代口语，用讲故事的方式，生动地讲述了春秋战国这段历史，激发了孩子们学习历史的兴趣，并引领他们轻松地步入历史的殿堂。

　　五年级阶段，孩子们心性情感的发展离不开经典儿童文学的陪伴。《爱丽丝漫游奇境》创造了一个奇幻的冒险世界，孩子们跟着爱丽丝一路闯关，一同成长。《彼得·潘》中的主人公小飞侠彼得·潘——一个永远长不大的孩子，让每个孩子都拥有了"永无岛"的梦幻。《柳林风声》讲述了四个性格迥异的好朋友——蟾蜍、獾、鼹鼠、河鼠充满戏剧性的故事。让孩子获得的不仅仅是故事的趣味，还有文学优雅的滋润。《铁路边的孩子们》里的一家人虽然身处困境，但他们选择了用坚强面对苦难，一个又一个温暖感人的故事传递着幸福的能量。《雪地寻踪》通过精彩的故事，讲述人与自然、动物的和谐相处。

同时，五年级阶段的孩子也需要尝试更深层次的阅读。《在北方森林的深处》讲述了许多动人的生命故事，在震撼心灵的同时引发孩子对自然和生命的思考。《西顿动物故事》里的野生动物和人一样，有个性，有爱恨，充满了生命的尊严。《城南旧事》通过真挚无邪的表达，将孩子对成人世界的好奇与困惑、对友人离别的感伤与想念，描摹得淋漓尽致。当孩子们关注到这些作品的细节时，他们也在感受作者表达的情感，体会作品的表达方式，并从中获得丰富的情感体验和文学积累。

这里我们也提醒大家：分级阅读的初衷在于为各年龄段的孩子们择选适合阅读的书籍，但分级的概念并不是绝对的。只有您最了解自己的孩子，您可以根据孩子的阅读兴趣和能力，挑选书籍，如果他有足够的阅读能力，您也可以跨级择选。

在肯尼斯·格雷厄姆的笔下，柳林里有可爱善良的小动物们，有诗一般的田园生活，有纯真温情的友谊，也有更迭变幻的四季风景……希望我们用心编选、制作的文库，能呵护孩子可贵的想象力，引导孩子们发现藏在身边的形形色色的美丽。

每一个此刻，都有适合的童书。

期待每一个孩子的成长之路上，都有这套中文分级阅读文库的陪伴！

亲近母语 × 果麦文化

疹子并作一次处理。

约翰出生时，也遇到同样的风波，迈克尔遇到的险情更大。不过他们两个到底都还是留下来养活了，不久你就会看见姐弟三个排成一行，由保姆陪伴着，到福尔萨姆小姐的幼儿园上学去了。

达林太太是安于现状的，达林先生却喜欢事事都向左邻右舍看齐。所以，他们当然也得请一位保姆。由于孩子们喝的牛奶太多，他们很穷，所以，他们家的保姆是一只严肃庄重的纽芬兰大狗，名叫娜娜。在达林夫妇雇用她以前，这只狗本没有固定的主人，不过她总是把孩子看得很重要的。达林一家是在肯辛顿公园里和她结识的。娜娜闲来无事常去那儿游逛，总爱把头伸进摇篮车里窥望，那些粗心大意的保姆总是讨厌她，因为她老是跟着她们回家，向她们的主人告状。她果然成了一位不可多得的好保姆。给孩子洗澡时，她是多么认真啊。夜里不管什么时候，她看管的孩子只要有一个轻轻地哭一声，她就一跃而起。狗舍当然是设在育儿室里。她天生有一种本领，知道什么样的咳嗽是不可怠慢的，什么时候该用一只袜子围住脖子。她从来都相信老式的治疗方法，比如用大黄叶；

听到那些什么细菌之类的新名词，她总是用鼻子不屑地哼一声。你若是看到她护送孩子上学时那种合乎礼仪的情景，真会大长见识。当孩子们规规矩矩时，她就安详地走在他们身边；要是他们乱跑乱动，她就把他们推进队伍里。在约翰踢足球的日子，她从不忘带他的线衣；天要下雨的时候，她总是把伞衔在嘴里。福尔萨姆小姐的幼儿园里有一间地下室，保姆们就等候在那里。她们坐在长凳上，而娜娜是伏卧在地板上，不过这是唯一的不同之处。她们认为她的社会地位比她们低贱，装作没把她放在眼里的样子。其实，娜娜才瞧不起她们那些无聊的闲谈呢。她很不高兴达林太太的朋友们来育儿室看望，可要是她们真的来了，她就先扯下迈克尔的围嘴儿，给他换上那件带蓝穗子的，再把温迪的衣裙抚平，然后匆匆梳理一下约翰的头发。

没有一个育儿室管理得比这个更井井有条了，这一点达林先生不是不知道，不过他有时还是不免心里嘀咕，生怕街坊邻居们会在背地里笑话他。

他不能不考虑他在城里的职位。

娜娜还有一点令达林先生不安，他有时觉得娜娜不大佩服他。"我知道，她可佩服你啦，乔治。"达林太太向他保证，然后示意孩子们要特别敬重父亲。接着，她就跳起了欢快的舞。他们唯一的女佣莉莎，有时也被允许一起跳舞。莉莎穿着长裙，戴着女佣的布帽。虽说开始雇用莉莎的时候，她一口咬定自己早就过十岁了，不过她还是显得那么矮小。小家伙们多快活呀！最快活的是达林太太，她踮起脚发狂般地飞旋，你能看到的只有她嘴角的那个吻。这时你要是扑了过去，也定能得到那一吻。再也没有比他们更单纯、更快乐的家庭了，直到彼得·潘来了。

达林太太第一次知道彼得，是在她清理孩子们心思的时候。凡是好妈妈，晚上都有一个习惯，就是在孩子们睡着以后，搜检他们的心思，使白天弄乱了的什物各就各位，为明天早晨把一切料理妥当。假如你能醒着(不过你当然不能)，就能看见你妈妈做这些事；你会发觉，留心地观看她是很有趣的。那就和整理抽屉差不多。我估摸，你会看见她跪在那儿，很有兴味地查看里面的东西，纳闷这样东西不知你是打哪儿捡到的；发现有些是可爱的，有些是不那么可爱的。把一件东西贴在脸上，像捧着一只逗人的小猫；把另一件东西赶快收藏起来，不让人看见。你清早醒来，临睡时揣着的那些顽皮念头和坏脾气都给叠得小小的，压在你心底。而在上面，平平整整摆放着你的那些美好念头，等你去穿戴打扮起来。

我不知道你是不是见过人的心思地图。医生有时会画你身上别的部分的地图，那些地图都特别有趣。可是，要是你碰巧看到他们画了一张孩子的心思地图，你就会看到，那不光是杂乱无章，而且总是绕着圈儿的。那是些曲曲折折的线条，就像你的体温表格，这大概就是岛上的道路了。因为永无乡多少就像是一个海岛，到处撒着一块块惊人的颜色，海面上露着珊瑚礁，漂着轻快的船。岛上住着野蛮人，还有荒凉的野兽洞穴，有河流穿过的岩洞，有王子和他的六个哥哥，有一间快要坍塌的茅屋，还有一位长着鹰钩鼻子的小老太太。若是只有这些，这张地图倒也不难画。但是还有呢，第一天上学校，父亲，圆水池，针线活，动词，吃巧克力布丁的日子，穿背带裤，数到九十九，自己拔牙奖给三便士，等等。这些若不是岛上的一部分，那就是画在另一张画上了。总之，全都是杂乱无章的。尤其是没有一件东西是静止不动的。

当然，每个人的永无乡都大不一样。例如，约翰的永无乡里有一个湖泊，湖上飞着许多红鹤，约翰拿箭射它们。迈克尔呢，年纪很小，他有一只红鹤，上面飞着许多湖泊。约翰住在一只翻扣在沙滩上的船里，迈克尔住在一个印第安人的皮棚里，温迪住在一间用树叶巧妙缝制成的屋子里。约翰没有亲友，迈克尔在夜晚有亲友，温迪有一只被父母遗弃的小狼宝宝。不过总的来说，他们的永无乡都像一家人似的彼此相像。要是摆成一排，你会看到它们的五官面目大同小异。在这些神奇的海滩上，游戏的孩子们总是驾着油布小船靠岸登陆。那地方，我们其实也到过，我们如今还能听到浪涛拍岸的声音，虽然我们不再上岸。

在所有叫人开心的小岛里，永无乡要算是最安逸、最紧凑的了。也就是说，不太大，不太散，从一个奇遇到另一个奇遇，距离恰到好处，密集又十分得当。白天你用椅子和桌布玩岛上的游戏时，一点儿也不显得惊人；可是，在你睡着前的两分钟，它就几乎变成真的了，所以夜里要点灯。

达林太太偶尔漫步在孩子们的心思里时，发现那里有些东西她不能理解。最叫她莫名其妙的，要算是"彼得"这个名字。她不认识彼得这么个人，可是在约翰和迈克尔的心思里，到处都是这个名字。温迪的心思里，更是涂满了它。这个名字的笔画比别的字都来得粗大，达林太太仔细地打量着它，觉得它傲气得有点儿古怪。

温迪的妈妈问她时，她遗憾地承认说："是的，他是有那么点儿傲气。"

"可他是谁呀，宝贝？"

"他是彼得·潘，你知道的，妈妈。"

开头达林太太不知道他，可是她回忆起童年的时候，就想起了彼得·潘。据说，他和仙子们住在一起。关于他，故事可多着呢！当时达林太太是相信的，可现在她结了婚，懂事了，就很有点怀疑，是不是真有这样一个人。

"而且，"她告诉温迪，"到现在，他应该已经长大了。"

"噢，不，他没有长大，"温迪蛮有把握地告诉妈妈，"他跟我一样大。"温迪的意思是说，彼得的心和身体都和她一样大。她也不知道她是怎么知道的，反正她知道。

达林太太和达林先生商量，达林先生只微微一笑，说："听我的话，准是娜娜对他们胡说的，这正是一条狗才会有的念头。别管它，这股风就过去了。"

可是这股风没有过去。不久，这个调皮捣蛋的男孩竟然使达林太太吓了一跳。

孩子们常会遇到顶奇怪的事儿，可是毫不觉得惊恐不安。例如，事情发生了一个星期以后，他们会想起来说，他们在树林子里遇到逝去的父亲，并且和他一起玩。温迪就是这样，有一天早上，她漫不经心地说出了一件叫人心神不安的事。育儿室的地板上发现有几片树叶，头天晚上孩子们上床时明明还没有。达林太太觉得这事很蹊跷，温迪却毫不在意地笑着说：

"我相信这又是那个彼得干的！"

"你说的是什么意思，温迪？"

"他真淘气，玩完了也不扫地。"温迪说着，叹了口气。她是个爱整洁的孩子。

她像真有那么回事似的解释说，她觉得彼得有时夜里来到育儿室，坐在她的床脚那头，吹笛子给她听。可惜她从来没有醒过，所以她不晓得她是怎么知道的，反正她知道。

"你在胡说些什么，宝贝！不敲门谁也进不了屋。"

"我想他是从窗子进来的。"温迪说。

“亲爱的，这是三楼啊！”

“树叶不就在窗子底下吗，妈妈？”

这倒是真的，树叶就是在离窗子很近的地方被发现的。

达林太太不知应该怎么想才是，因为在温迪看来，这一切都是那么自然，你不能说她在做梦，把它随随便便打发掉。

“我的孩子，”她妈妈喊道，“你为什么不早告诉我？”

“我忘了。”温迪不在意地说，她急着要去吃早饭。

啊，她一定是在做梦。

可是话又说回来，树叶是明摆着的。达林太太仔细查看了那些树叶，那是些枯叶，不过她敢断定，那绝不是从英国的树上掉下来的叶子。她在地板上爬来爬去，用一支蜡烛在地上照，想看看有没有陌生人的脚印。她用火棍在烟囱里乱捅，敲着墙。她从窗口放下一根带子到地上，窗子的高度足足有九米多，而且墙上连一个可供攀登的喷水口都没有。

温迪一定是在做梦。

可是温迪并不是做梦，第二夜就看出来了，那一夜可以说是孩子们非凡经历的开始。

在我们说的那一夜，孩子们都上床睡觉了。那天晚上，正好是娜娜休假的日子。达林太太给他们洗了澡，又给他们唱歌，直到他们一个个放开她的手，溜进了梦乡。

一切都显得那么平静，那么舒适，达林太太不禁为自己的担心感到好笑。于是，她静静地坐在火炉旁，缝起衣裳来。

这是给迈克尔缝的，他过生日那天该穿上衬衫了。炉火暖融融的，育儿室里半明半暗地点着三盏夜灯。不多会儿，针线活就落到了达林太太的腿上。她的头一个劲儿地往下栽，多优美呀，她睡着了。瞧这四口子，温迪和迈克尔睡在那边，约翰睡在这边，达林太太睡在炉火旁。本来该有第四盏夜灯的。

达林太太睡着以后做了一个梦，她梦见永无乡离得很近很近，一个陌生的男孩从那里钻了出来。男孩并没有使她感到惊讶，因为她觉得她曾在一些没有孩子的女人脸上见过他。也许在一些做了母亲的人的脸上，也可以看到他。但是在她的梦里，那孩子把遮掩着永无乡的一层薄幕扯开了，她看到温迪、约翰和迈克尔由那道缝向里窥望。

　　这个梦本来是小事一桩，可是就在她做梦的时候，育儿室的窗子忽然打开了，果真有一个男孩落到了地板上。伴随着他的，还有一团奇异的光，那光还没有你的拳头大，它像一个活物在房间里四处乱飞。我想，一定是那团光把达林太太惊醒了。

　　她叫了一声，跳了起来，看见了那个男孩。不知怎的，她一下子就明白他就是彼得·潘。要是你或我或温迪在那儿，我们会觉得，他很像达林太太的那个吻。他是一个很可爱的男孩，穿着用干树叶和树浆做的衣裳。可是他身上最迷人的地方是他还保留着一口乳牙。他一见达林太太是个大人，就对她龇起满口珍珠般的小牙。

第二章　影子

　　达林太太尖叫了一声。跟着好像是听到了门铃响，房门打开了，娜娜冲了进来，她晚上出游刚回来。她咆哮着扑向那男孩，男孩从窗口消失了。达林太太来到街上，但街上没有他。她抬头张望，黑夜里什么也看不见，只见一点亮光划过夜空，她以为那是一颗流星。

　　达林太太回到育儿室，看见娜娜嘴里衔着一样东西，原来是那孩子的影子。男孩从窗口消失的时候，娜娜没能赶上去捉住他，她很快关上窗子，男孩的影子来不及出去，窗子"砰"的一声关上了，把影子扯了下来。

　　不用问，达林太太当然是仔仔细细地查看了那个影子，可那不过是个普普通通的影子罢了。

娜娜无疑知道怎样处理这个影子最好。她把它挂在窗子外面，意思是"那孩子肯定会回来取的，让我们把它放在容易拿到可又不会惊动孩子们的地方吧"。

不幸的是，达林太太不能让影子挂在窗外，因为那看起来很像晾着一件湿衣裳，降低了这所宅子的格调。她想把影子拿给达林先生看，可是达林先生正在计算给约翰和迈克尔购置冬大衣共需要多少钱；为保持头脑清醒，他把一条湿毛巾搭在头上。这时候去打搅他，怪不好意思的。而且，她知道他准要说："这都怪用狗当保姆。"

达林太太决定把影子卷成一卷，小心地收藏在抽屉里，等有适当的机会再告诉她丈夫。哎呀呀！

一个星期后，机会果然来了。那是在一个永远不能忘记的星期五，当然是一个星期五。

"遇到星期五，我应该格外小心才对。"她老是对丈夫说这些事后诸葛亮的话。这时候，娜娜也许就在她身边，握着她的手。

"不，不。"达林先生总是说，"我应该负全部责任。这都是我乔治·达林干的。Mea culpa, mea

culpa①。"他受过古典文学的教育。

就这样，他们一夜夜坐着，回忆着那个不祥的星期五，直到所有的细节都印进他们的脑子，从另一面透过来，就像劣质的钱币一样。

"要是那天我不去赴二十七号的晚会就好了。"达林太太说。

"要是那天我没把我的药倒在娜娜的碗里就好了。"达林先生说。

"要是那天我假装爱喝那药水就好了。"娜娜用泪眼这样表示。

"都怪我太爱参加晚会了，乔治。"

"都怪我那天生倒霉的幽默感，最亲爱的。"

"都怪我太爱计较小事了，亲爱的主人主妇。"

于是，他们当中的一个或几个放声痛哭起来。娜娜心想："是啊，是啊，他们不该用一只狗当保姆。"好几次都是达林先生用手帕给娜娜擦眼泪。

"那个鬼东西！"达林先生叫道。娜娜吠着响应他，不过达林太太从来没有责怪过彼得。她的右嘴角有那么点什么不让她骂彼得。

---

① 拉丁语，意为：吾之过也，吾之过也。

就这样，他们坐在那间空荡荡的育儿室里，痴痴地回想着那可怕的一夜里发生的每一件小事。那天晚上一开头，就像别的晚上一样，本来是平静无事的，娜娜倒好了迈克尔的洗澡水，然后驮着他过去。

"我不睡觉，"迈克尔喊，他还以为只有他说了算，"我不嘛，我不嘛。娜娜，还不到六点呀。噢，噢，我再也不爱你了，娜娜。我告诉你我不要洗澡，我不洗嘛，我不洗嘛！"

达林太太走进来，穿着她的白色晚礼服。她早早地就穿戴打扮起来了，因为温迪喜欢看她穿上晚礼服，脖子上戴着乔治送给她的项链，胳膊上戴着温迪的手镯——那是她向温迪借的。温迪特别喜欢把她的手镯借给妈妈戴。

达林太太看见两个大孩子正在玩游戏，他们一个假扮成她，一个假扮成达林先生，在模拟温迪出生那天的情景。约翰说：

"我很高兴地告诉你，达林太太，你现在是位母亲了。"那声调就跟达林先生真那么说过似的。

温迪欢喜地跳起舞来，就像达林太太真那么跳过似的。

随后约翰又出世了，他的神情显得格外得意扬扬，他认为这是因为生了个男孩。后来，迈克尔洗完澡进来也要求生下他，可是约翰粗暴地说，他们不想再生了。

迈克尔差点儿哭出来。"没有人要我。"他说。这么一来，穿晚礼服的那位太太坐不住了。

"我要，"她说，"我可想要第三个孩子了。"

"男孩还是女孩？"迈克尔问，他不放心。

"男孩。"

于是，他跳进母亲的怀里。现在达林先生、太太和娜娜回想起来，这不过是一件小事；但如果想到这事发生在迈克尔在育儿室的最后一夜，那就不是小事了。

他们继续回忆。

"就在那时候，我像一阵旋风似的冲了进来，是不是？"达林先生嘲笑自己说，他确实像一阵旋风。

也许他是情有可原的。他也正在为赴宴穿戴起来，全都顺顺当当的，等到打领结的时候，麻烦事就来了。说也奇怪，这个人虽然懂得股票和红利，却对付不了他的领结。有的时候这玩意儿倒也服服帖帖听他摆布，可是碰到有些场合，如果他能咽下他的傲气，戴上一个现成的领结，那全家就会太平无事了。

这回，就正好碰上这么个场合。达林先生冲进育儿室，手里捏着个揉成一团的混账小领结。

"怎么了，什么事，亲爱的孩子他爸？"

"什么事！"他狂吼，他确实是在狂吼，"这个领结，它不肯被我系上。"他尖刻地说起挖苦话来，"在我的脖子上就不行！在床柱上就行！可不是吗？我在床柱上系了二十次都行，可是一到我脖子上就不行！好家伙，硬是不行！求我饶了它！"

他觉得达林太太对他的话不够在意，就严厉地接着说："我警告你，孩子他妈，要是这只领结系不上我的脖子，今晚我就不去赴宴；要是今晚我不去赴宴，我就再也不去上班；要是我再也不去上班，你我就会饿死，我们的孩子就都要流落街头。"

达林太太还是一点儿也不慌张。"我来试试看，亲爱的。"她说。说实在的，达林先生正是要她来系。达林太太用她那双灵巧的凉手给他系上了领结。这时候，孩子们都站在旁边，静候着决定他们的命运。她这么不费吹灰之力就打好了领结，有些男人也许会老大不高兴；可是达林先生是个宽宏大量的人，对这并不在意。他随随便便道了声谢，马上就怒气全消。一眨眼，就背着迈克尔在房里舞了起来。

达林太太现在回想起来说："我们逗趣闹得多起劲儿啊！"

"那是我们最后一次逗趣！"达林先生叹息着说。

"啊，乔治！你记不记得迈克尔忽然对我说：'你是怎么认识我的，妈妈？'"

"我记得的。"

"他们是挺可爱的，是不是，乔治？"

"他们是我们的，我们的，可现在他们都走了。"

娜娜进来了，逗趣方才停止。很不幸，达林先生撞在了娜娜身上，他的裤子上沾满了狗毛。这是条新裤子，而且是达林先生第一次穿上的背带裤，所以他不得不咬着嘴唇，免得眼泪掉下来。当然，达林太太给他刷掉了毛，不过，他又念叨起用一只狗当保姆是个错误。

"乔治，娜娜可是个宝啊。"

"那当然，不过我有时心里不安，觉得她把孩子们当小狗看待。"

"啊，不，亲爱的，我敢肯定她知道他们是有灵魂的。"

　　"很难说，"达林先生沉思着说，"我怀疑。"他的妻子觉得这是一个机会，可以把那孩子的事告诉他。起初他对这个故事一笑置之，后来达林太太拿出影子给他看，他就陷入了沉思。

　　"这不是我认识的人，"他仔细端详着那个影子，"不过他看起来的确像个坏人。"

　　"你记得吗？我们正讨论的时候，娜娜带着迈克尔的药进来了。"达林先生回忆说，"你以后再也不要把药瓶衔在嘴里了，娜娜。这全是我的错呀。"

　　虽然他是个坚强的人，可在吃药这点上，他无疑有点儿发怵。要说他有什么弱点的话，那就是，他自以为这一生吃药从来都很勇敢。所以这一回，当迈克尔把头躲开娜娜嘴里衔着的药匙时，他责备地说："要像个男子汉，迈克尔。"

　　"我不嘛，不嘛。"迈克尔淘气地喊。达林太太走出房间去给他拿巧克力，达林先生认为，这是不坚强的表现。

　　"孩子他妈，不要娇惯他！"他冲着达林太太的后背喊，"迈克尔，我像你这么大的时候，吃药一声也不哼，我只是说：'谢谢你们，慈爱的父母亲，谢谢你们给我药吃，让我的病快点儿好。'"

他真的相信他说的是真话。温迪已经穿上了睡衣，她也相信这是真话，为了鼓励迈克尔，她说："爸爸，你经常吃的那种药，比这还要难吃，是吧？"

"难吃得多！"达林先生一本正经地说，"要是我没有把药瓶子弄丢，迈克尔，我现在就做个样子给你看。"

其实，药瓶子并没有丢，是达林先生在深夜里爬到柜顶上把它藏在那儿的。可他没想到，忠实的女仆莉莎找到了那只药瓶子，又把它放回梳洗台上。

"我知道药瓶在哪儿，爸爸，"温迪喊道，她总是乐意效劳，"我去拿来。"达林先生还没来得及阻止，她就跑了出去。达林先生一下子就莫名其妙地泄了气。

"约翰，"达林先生说着打了个寒战，"那东西难吃得要命，是那种又黏又甜的腻味死人的东西。"

"吃下去一会儿就没事了，爸爸。"约翰给他打气。这时，温迪跑了进来，手里拿着一玻璃杯药水。

"我尽快地跑着来了。"她喘着气说。

"你真是快得出奇，"她爸爸带点儿报复意味、彬彬有礼地讥讽道，"迈克尔先吃。"他固执地说。

"爸爸先吃。"迈克尔说，他生性多疑。

"我要作呕的，你知道吗？"达林先生吓唬他说。

"吃吧，爸爸。"约翰说。

"你别说话，约翰。"他爸爸厉声说。

温迪给闹糊涂了："我以为你很容易就吃下去了，爸爸。"

"问题不在这儿，"达林先生反驳说，"问题是，我杯子里的药比迈克尔匙子里的药多。"他那颗高傲的心几乎要迸裂了，"这不公平。就算我只剩最后一口气，我也要说，这不公平。"

"爸爸，我等着呢。"迈克尔冷冷地说。

"你说得倒好。你等着，我也等着呢。"

"爸爸是个胆小鬼。"

"那你也是个胆小鬼。"

"我才不怕。"

"我也不怕。"

"那好吧，吃下去。"

"那好吧，你吃下去。"

温迪想到一条绝妙的计策："干吗不两个同时吃呢？"

"当然可以，"达林先生说，"你准备好了吗，迈克尔？"

温迪数着，一、二、三，迈克尔吃下了他的药，可是达林先生把他自己的药藏到了背后。

迈克尔发出一声怒吼。"噢，爸爸！"温迪惊叫。

"'噢，爸爸'是什么意思？"达林先生质问，"别嚷嚷，迈克尔。我本来是要吃的，可是我……我没吃成。"

三个孩子望着达林先生的那种眼神，真是怪可怕的，就像他们不佩服他似的。"你们都来瞧，"娜娜刚走到浴室里，达林先生就说，"我刚想到一个绝妙的玩笑，我要把我的药倒进娜娜的盆里，她会以为那是牛奶，把它喝下去！"

药的颜色倒是像牛奶，不过孩子们没有爸爸的那种幽默感，他们用责怪的眼神看着他把药倒进娜娜的盆里。"多好玩啊。"达林先生信心不足地说。达林太太和娜娜回到房里以后，孩子们也不敢告诉她们。

"娜娜，好狗，"达林先生拍拍她的脑袋说，"我在你的盆子里倒了一点儿牛奶，娜娜。"

娜娜摇着尾巴，跑过去，把药舔了。接着，她用那样的眼光望了达林先生一眼，那眼神不是愤怒，而是一滴又大又红的眼泪。看到忠厚的狗流下这样的眼泪，我们总是为她难过。她爬进了狗舍。

达林先生心里好不羞愧，可是他偏不肯让步。在可怕的沉寂中，达林太太闻了闻那只盆。"噢，乔治，"她说，"这是你的药啊！"

"这不过是一个玩笑。"达林先生大声嚷着。达林太太抚慰两个男孩，温迪过去搂着娜娜。"好得很，"达林先生恨恨地说，"我累死累活，为的是让全家开开心。"

温迪还在搂着娜娜。"对啦，"达林先生大声喊，"宠着她吧！可没有人宠着我。没有啊！我不过是给你们挣饭吃的，为什么要宠我呢！为什么，为什么，为什么？"

"乔治，"达林太太恳求他，"别那么大声，用人们会听到的。"不知怎的，他们养成了一个习惯，管莉莎叫"用人们"。

"让他们听见好了，"达林先生不管不顾地说，"让全世界的人都来听吧。我再也不能容忍那只狗在我的育儿室里主宰一切，一刻也不能。"

孩子们哭了，娜娜跑到达林先生面前求情，可是他挥手叫她走开。他又觉得自己是个坚强的男子汉了。"没有用，没有用，"他喊道，"你的合适位置是在院子里，到院子里去，马上就把你拴起来。"

"乔治，乔治，"达林太太悄声说，"别忘了我告诉你的那个男孩的事。"

唉，达林先生不听啊！他决心要看看谁是家里的主人。如果命令不能把娜娜唤出狗舍，他就用甜言蜜语引诱她出来，然后粗暴地抓住她，硬把她拖出育儿室。他觉得挺惭愧，可他还是那么做了。这都是因为他生性太重感情，渴望得到孩子们的敬慕。把娜娜拴在后院后，这位倒霉的父亲就走到过道里，他在那儿坐下，用双手捂住眼睛。

同时，达林太太在不寻常的寂静中打发孩子们上了床，点燃了夜灯。他们听得见娜娜的吠声，约翰呜咽着说："这都是因为爸爸把她拴在院子里了。"可是温迪知道得更多。

"这不是娜娜不高兴时的吠声，"温迪隐约猜到有什么事将要发生，"这是她闻到危险时的吠声。"

危险！

"你能肯定吗，温迪？"

"哦，当然。"

达林太太发抖了，她走到窗前。窗子扣得严严实实的。她往外看，夜空里洒满了星星。星星都密密麻麻地围拢在这所房子周围，像是好奇地想看看那里将要发生什么事。可是她没有注意到这一点，有一两颗小星星正在冲着她挤眼睛。"噢，我多希望今晚不用去参加晚会呀！"

迈克尔已经快睡着了，就连他也知道妈妈放心不下，他问："妈妈，点着了夜灯，还有什么东西能伤害我们吗？"

"没有，宝贝，"达林先生说，"夜灯是妈妈留下来保卫孩子们的眼睛的。"

达林太太走到一张张床前，给他们唱着迷人的歌儿，小迈克尔伸开胳膊搂着她的脖子。"妈妈，"他叫道，"我喜欢你。"这是她很久以来听到他说的最后一句话。

二十七号距离他们家只有十几步远，不过下过一点儿小雪，所以达林夫妇得敏捷地挑着路走，免得弄脏了鞋。他们已经是街上仅有的人了，满天的星星都窥望着他们。星星是美的，可是他们什么事情都不能积极参与，他们永远只能冷眼旁观。这是对他们的一种惩罚，因为他们很久以前做过错事。什么错事？由于时间太久了，现在已经没有一颗星星能知道了。所以上了年纪的星星已经变得目光呆滞，而且很少说话（眨巴眼睛就是星星的语言），可是小星星们还在纳闷着。他们对彼得并不是真正友好，因为他常爱恶作剧，喜欢溜到他们背后，想吹灭他们。不过，他们太喜欢玩笑，所以今晚都站在彼得一边，巴不得把大人支开。达林夫妇走进二十七号，身后的门刚刚关上，天空中立刻起了一阵骚动，银河里所有的星星中最小的一颗星高声喊了起来：

"来吧，彼得！"

第三章　走啦，走啦

　　达林先生和太太走后，有一会儿工夫，三个孩子床边的夜灯还是点得很明亮。那是三盏顶好顶好的小夜灯，我们巴不得它们都醒着看见彼得。可是温迪的灯眨了一下眼睛，打了一个大大的哈欠，惹得那两盏也打起哈欠来。温迪那盏灯的嘴还没来得及闭上，三盏灯就都灭了。

　　这时候，房间里又闪了一道光，比夜灯亮一千倍。就在我们说话的当儿，那亮光找遍了育儿室所有的抽屉，寻找彼得的影子。它在衣柜里乱搜，把每一个衣袋都翻转过来。其实它并不是一道亮光，只因为它飞来飞去，飞得特快，才成了一道亮光。可是它只要停下来一秒钟，你就会看出它是一位仙女，还不及你的手掌长，不过它还在往大里长。她是一个女孩，名字叫作叮叮铃，身上精精致致地裹着一片干树叶，领口裁成方的，裁得很低，恰到好处地显露出她身段的优美。她稍微有点儿发福。

仙女进来之后，过了一会儿，窗子就被小星星的气息吹开了，彼得跳了进来。他带着叮叮铃飞了一段路程，所以他手上还沾着许多仙尘。

他弄清楚孩子们确实睡着了之后，就轻轻地唤道："叮叮铃，你在哪儿？"叮叮铃这时正在一只罐子里，这地方她喜欢极了，她从来没有在一只罐子里待过。

"噢，你快从罐子里出来吧，告诉我，你知不知道他们把我的影子搁在哪儿了？"

一个最可爱的叮叮声，像金铃似的回答了他。这是仙子的语言，你们这些普通的孩子是从来听不到的；可是假如你听到了，你就会知道，你曾经听到过一次。

叮叮铃说，影子是在那只大箱子里，她指的是那只带抽屉的柜子。彼得一下蹦到抽屉跟前，双手捧起里面的东西，撒在地板上，就像国王把半便士的硬币抛向人群一般。不多会儿，他就找到了他的影子，他高兴极了，就忘了他把叮叮铃关在抽屉里了。

假如他有思想的话——不过我相信他从来不会思考——他会想，他和他的影子一挨近，就会像两滴水似的连在一起。可是，他的身体和影子竟没有连在一起，这可把他吓坏了。他试着用浴室里的肥皂来粘，也失败了。彼得浑身打了一个冷战，坐在地板上哭了起来。

彼得的哭声惊醒了温迪，她在床上坐了起来。看到育儿室地板上坐着一个生人在哭，她并不惊讶，只觉得愉快和有趣。

"孩子，"她客气地说，"你为什么哭？"

彼得也很懂礼貌，因为他在仙子的盛会上学会了一些堂皇的礼节。他站起来，姿态优美地向温迪鞠了一躬。温迪非常高兴，在床上也优美地回了一躬。

"你叫什么名字？"彼得问。

"温迪·莫伊拉·安琪拉·达林。"她回答，颇有点儿得意，"你叫什么名字？"

"彼得·潘。"

温迪已经断定，他一定是彼得。不过，这名字可真显得短了一些。

"就这个吗？"

"就这个。"彼得尖着嗓子回答。他头一回觉得自己的名字短了点。

"真可惜。"温迪说。

"这没啥。"彼得咽下了这口气。

温迪问他住在哪儿。

"右手第二条路,"彼得说,"然后一直向前,直到天亮。"

"这地址真滑稽!"

彼得有点儿泄气。他头一回觉得这地名或许是有点儿滑稽。

"不,不滑稽。"他说。

"我的意思是说,"温迪想起了她是女主人,和气地说,"他们在信封上就是这么写的吗?"

彼得宁愿她不提什么信的事。

"我从没收到什么信。"他轻蔑地说。

"可你妈妈要收到信的吧?"

"我没妈。"彼得说。他不但没有母亲,而且半点儿也不想要一个母亲。他觉得人们把母亲看得太重了。但是,温迪马上就感到,她遇到了一出悲剧。

"啊,彼得,怪不得你要哭了。"她说着跳下床跑到他跟前。

"我哭，才不是因为妈妈，"彼得颇有点儿气愤地说，"我哭，是因为我没法把影子粘上。再说，我也没哭。"

"影子掉了吗？"

"是的。"

这时候，温迪瞅见了地板上的影子，拖得挺脏的样子，她很替彼得难过。"真糟糕！"她说。可是，她看到彼得试着用肥皂去粘，又禁不住笑了起来。真是只有男孩子才会干出这种事！

幸好她一下子就想到该怎么办了。"得用针线缝上才行。"她说，带点儿保护人的口气。

"什么叫缝？"彼得问。

"你真笨得要命。"

"不，我不笨。"

不过，温迪正喜欢他的笨。"我的小家伙，我来给你缝上。"她说，虽然彼得和她一样高。于是，她拿出针线盒来，把影子往彼得的脚上缝。

"怕是要有点儿疼的。"她警告说。

"啊，我一定不哭。"彼得说，他刚哭过，马上就以为他这辈子从来没哭过。他果然咬牙没哭。不一会儿，影子就弄妥了，不过还有点儿皱。

"也许我应该把它熨熨平。"温迪考虑得很周到。可是，彼得就像个男孩一样，一点儿也不在乎外表。他这时欢喜得发狂，满屋子乱跳。他早已忘记，他的快乐是温迪赐给的。他以为影子是他自己粘上的。"我多聪明啊，"他开心地大叫，"啊，我多机灵啊！"

说起来，彼得的骄傲自大，正是他招人喜欢的地方。承认这一点，是够叫人难堪的。说句老实话，从来没有一个孩子像彼得这样爱"翘尾巴"。

不过，当时温迪可惊骇极了。"你这个自大狂，"她讥诮地惊叫说，"当然，我什么也没干！"

"你也干了一点点。"彼得漫不经心地说，继续跳着舞。

"一点点！"温迪高傲地说，"既然我没有用，我起码可以退出吧。"她神气十足地跳上床，用毯子蒙上了脸。

彼得假装要离开的样子，来引温迪抬头，可是没用。于是他坐在床尾那头，用脚轻轻地踢她。"温迪，"他说，"别退出呀，温迪，我一高兴，就禁不住要翘尾巴。"温迪还是不抬头，虽然她是在认真地听着，"温迪，"彼得继续说，他说话的那种声调是没有一个女孩子能抗拒的，"温迪，一个女孩比二十个男孩都顶用。"

原来温迪从头到脚每一寸都是个女娃，虽说她身高总共也不过几寸。她忍不住从毯子底下探出头来。

"你真的这么想吗，彼得？"

"是的，我真的这么想。"

"你实在太可爱了，"温迪说，"我要再起来了。"于是，她和彼得并排坐在床沿上。她还说，如果彼得愿意的话，她想给他一个吻；可是彼得不明白她的意思，就伸出手来，期待地等着。

"难道你不知道什么叫吻吗？"温迪吃惊地问。

"你把吻给我，我就会知道。"彼得倔强地回答。温迪不愿伤他的心，给了他一个顶针。

"现在，"彼得说，"要不要我也给你一个吻？"温迪回答，神情有点儿拘谨："那就请吧。"她把脸颊向他凑过去，可是彼得只把一粒橡子放在她手里。于是，温迪又把脸慢慢地缩回原处，并且亲切地说，她要把他的吻拴在项链上，戴在脖子上。幸好，她果真把橡子挂在了项链上，因为后来，这东西救了她的命。

在彼此介绍后，照例总是要互问年龄的。所以，做事从来循规蹈矩的温迪，这时就问彼得，他多大年纪。这话问得可真不恰当，就好像考试的时候，你希望人家问你英国的国王是谁时，考试题上却问起语法来。

"我不知道，"彼得不安地回答，"可是我还小着呢。"他真的不知道，他只是有一些猜想，于是他揣摩着说，"温迪，我生下来的那一天就逃跑了。"

温迪很惊讶，可是又挺感兴趣。她用优雅的待客礼碰了碰睡衣，表示他可以坐得离她近些。

"因为我听见父母在谈论，"彼得低声解释，"我将来长大要做一个什么样的人。"说到这里，他突然激动起来，"我永远也不愿长成大人，"他激愤地说，"我要永远做个小孩，永远玩。所以我就逃到了肯辛顿公园，和仙子们住在一起，已经很久很久了。"

温迪好不羡慕地瞅了他一眼。彼得以为，温迪羡慕他从家里逃跑了，其实她羡慕的是他认识仙子。

温迪的家庭生活太平淡了，所以在她看来，和仙子们结识，一定有趣极了。她提出一连串关于仙子的问话，这使彼得很惊异，因为在他看来，仙子们多少是个累赘，她们常常碍他的事，等等。说实在的，他有时还得躲开她们。不过，他大体上还是喜欢她们的，他告诉温迪仙子们的由来。

"你瞧，温迪，第一个婴孩儿第一次笑出声的时候，那一声笑就裂成了一千块，这些笑到处蹦来蹦去，仙子们就是这么来的。"

这话多无聊，不过，温迪是一个很少出家门的孩子，所以也喜欢听。

"所以，"彼得和气地接着说，"每一个男孩和女孩都应该有一个仙子。"

"应该？真的有吗？"

"不，你瞧，孩子们现在懂得太多了，他们很快就不信有仙子了，每当有一个孩子说'我不信有仙子'，就会有一个仙子在什么地方落下来消失掉。"

真的，彼得觉得他们谈仙子已经谈得够多了，又想起叮叮铃已经好半响没出声了。"不知道她上哪儿去了。"彼得说着，站了起来，叫着叮叮铃的名字。温迪的心突然欣喜得猛跳起来。

"彼得，"她紧紧抓住他，"你该不是说这屋里有个仙子吧！"

"她刚才还在这儿来着，"彼得有点儿不耐烦地说，"你听不见她的声音吧？"他们两个都静静地听着。

"我只听见一个声音，"温迪说，"像是叮叮的铃声。"

"对了，那就是叮叮铃，那是仙子讲的话。我好像也听到了。"

声音是从抽屉里发出来的，彼得脸上乐开了花。没有人能有彼得那样一副开心的笑脸，最可爱的是他那咯咯的笑声。他还保留着他的第一声笑。

"温迪，"彼得快活地悄声说，"我相信，我准是把她关在抽屉里了！"

他打开抽屉，把可怜的叮叮铃放了出来，叮叮铃满屋子乱飞，怒气冲冲地尖声怪叫。"你不该说这种话。"彼得抗议说，"当然我很抱歉，可我又怎么知道你在抽屉里呢？"

温迪没理会他说什么。"啊，彼得，"她喊道，"要是她停下来，让我看看她多好！"

"她们仙子难得停住。"彼得说。可是，有一刹那，温迪看见那个神奇的小人儿落在了一座杜鹃钟上。"啊，多可爱呀！"她喊道，虽然叮叮铃的脸还因为生气而歪扭着。

"叮叮铃，"彼得和蔼地说，"这位姑娘说，她希望你做她的仙子。"

叮叮铃的回答很无礼。

"她说什么，彼得？"温迪问。

彼得只好给她翻译："她不大懂礼貌。她说你是个丑陋的大女孩，她说她是我的仙子。"

彼得想和叮叮铃辩论："你知道你不能做我的仙子，叮叮铃，因为我是一位男士，你是一位女士。"

叮叮铃的回答是："你这笨蛋。"她飞到浴室里不见了。"她不过是个普普通通的仙子，"彼得带着歉意解释说，"她的名字叫叮叮铃，因为她干的是补锅补壶的事①。"

他俩这时坐在一张扶手椅上，温迪又向彼得问了许多问题。

"你现在是不是不住在肯辛顿公园里了？"

"我有时还住在那儿。"

"那你多半住在哪儿？"

"跟遗失的男孩住在一起。"

---

① 叮叮铃的名字是Tinker Bell，Tinker是补锅匠的意思。

"他们都是谁呀？"

"他们是在保姆向别处张望时，从儿童车里掉出来的孩子。要是过了七天没人来认领，他们就被远远地送到永无乡去，好节省开支。我是他们的队长。"

"那该多好玩啊！"

"是啊，"狡黠的彼得说，"不过我们怪寂寞的。你瞧，我们没有女孩子做伴。"

"那些孩子里没有女孩子吗？"

"没有啊，你知道，女孩子太机灵，不会从儿童车里掉出来的。"

一句话说得温迪心里美滋滋的。"我觉得，"她说，"你说到女孩子的这些话，真是说得太好了。那儿，那个约翰，他硬是瞧不起我们女孩子。"

彼得没有回答，只是站了起来，一脚把约翰连毯子什么的都踹下床来。温迪觉得，头一次见面就这样，似乎太莽撞了一点儿，她气冲冲地对彼得说，在这所屋子里他不是队长。可是约翰在地板上仍旧安安稳稳地睡着，她也就由他睡在那儿。"我知道你是好意，"温迪有点懊悔地说，"你可以给我一个吻。"

这会儿，温迪已经忘了彼得不懂得什么叫吻了。

"刚才我就想到,你会把它要回去的。"彼得有点伤心地说,要把顶针还给她。

"啊,"和善的温迪说,"我说的不是吻,我说的是'顶针'。"

"什么叫'顶针'?"

"就像这样。"温迪吻了他一下。

"真有意思!"彼得庄重地说,"现在我也给你一个'顶针'好吗?"

"要是你也愿意的话。"温迪说,这一回她把头摆得端端正正的。

彼得给了她一个"顶针",差不多就在同时,她尖叫了起来。

"怎么了,温迪?"彼得问。

"就像有什么人揪了我的头发。"

果然,叮叮铃在他们周围飞来飞去,嘴里还不住地吵嚷。

"温迪,叮叮铃说每次我给你一个'顶针',她就要这样整你。"

"可为什么呢?"温迪问。

"为什么呀,叮叮铃?"彼得问。

叮叮铃又一次回答说："你这笨蛋。"彼得还是不明白为什么，可是温迪明白了。彼得承认，他来到育儿室窗口，不是来看温迪，而是来听故事的，这使温迪有一点儿失望。

　　"你知道，我没听过多少故事。那些丢失的孩子没有一个会讲故事。"

　　"那可实在太糟了。"温迪说。

　　"你知道为什么燕子要在房檐下筑窝吗？"彼得问，"就是为了听故事。啊，温迪，你妈妈那天给你讲的那个故事多好听啊。"

　　"哪个故事？"

　　"就是讲一个王子找不到那个穿玻璃鞋的姑娘了。"

　　"彼得，"温迪兴奋地说，"那是灰姑娘的故事，王子找到她了，后来他们就永远幸福地生活在一起。"

　　彼得高兴极了，他从坐着的地板上跳了起来，急匆匆地奔向窗口。"你上哪儿去？"温迪不安地问。

　　"去告诉那些男孩。"

　　"别走，彼得，"温迪恳求道，"我知道好多好多故事。"

　　千真万确，这就是她说的话，所以毫无疑问，是她首先蛊惑彼得的。

彼得回来了，眼睛里露出贪求的神情，这本来应该使温迪感到惊骇，可是她并没有。

"啊，我有那么多故事可以讲给那些孩子听！"温迪喊道。彼得抓住了她，把她拉向窗口。

"放开我！"温迪命令他。

"温迪，你跟我来吧，讲故事给那些孩子听。"

当然，她很乐意接受邀请，可是她说："唉，我不能呀。想想妈妈！再说，我也不会飞呀。"

"我教你。"

"啊，能飞，该多有意思呀。"

"我教你怎样跳上风的背，然后我们就走了。"

"啊！"温迪欣喜若狂地喊。

"温迪呀温迪，你何必傻乎乎地躺在床上睡大觉，你满可以和我一块儿飞，跟星星们说有趣的话。"

"啊。"

"而且，温迪，还有人鱼。"

"人鱼？长着尾巴吗？"

"尾巴老长老长的。"

"啊，"温迪叫了起来，"去看人鱼！"

彼得狡猾极了。"温迪,"他说,"我们会多么尊敬你呀。"

温迪苦恼地扭动着身子,就像她努力要让自己留在育儿室的地板上。

可是彼得一点儿也不可怜她。

"温迪,"这个狡猾的家伙说,"晚上睡觉时,你可以给我掖好被子。"

"啊!"

"从来没有人在晚上给我们掖过被子。"

"哎呀。"温迪向他伸出双臂。

"你还可以给我们补衣裳,给我们缝衣兜。我们谁都没有衣兜。"

这叫她怎么抗拒得了?"当然,这真是太有趣了!"她喊道,"彼得,你也能教约翰和迈克尔飞吗?"

"随你的便。"彼得无所谓地说。于是温迪跑到约翰和迈克尔床前,摇晃他们。"醒醒,"她喊,"彼得·潘来了,他要教我们飞。"

约翰揉着眼睛。"那我就起来吧。"他说。其实他已经站在地上了。"你好,"他说,"我起来啦!"

迈克尔这时候也起来了，他精神抖擞得像一把带有六刃一锯的刀。可是彼得打了个手势，叫他们别出声。就像静听大人们的声音时那样，他们的脸上立刻露出乖巧的神色，大家全都屏住气不出声。好了，事事都顺当。不，等一等！并不是事事都顺当，娜娜整夜都在不停地吠，这时候不出声了，他们听到的是她的沉默。

"灭灯！藏起来！快！"约翰喊道。在整个冒险行动中，这是他唯一一次发号施令。所以，在莉莎牵着娜娜进来的时候，育儿室又恢复了原样，房里一片漆黑。你保证能听见三个淘气的小主人睡觉时发出的甜美呼吸声。其实，这声音是他们躲在窗帘后面巧妙地装出来的。

莉莎心里有气，因为她正在厨房里做布丁，娜娜的疑神疑鬼，使她不得不丢下布丁，走了出来，脸上还沾着一粒葡萄干。她想，要得到清静，最好是领着娜娜去育儿室看看。当然，娜娜是在她的监管下。

"瞧，你这个多心的家伙，"她说，一点儿也不照顾娜娜的面子，"他们都安全得很，是不是？三个小天使都在床上睡得正香呢。听听他们那轻柔的呼吸吧。"

迈克尔看到自己成功了，劲头更足，他大声呼吸起来，差点儿被识破了。娜娜辨得出那种呼吸声，她想挣脱莉莎的手。

可是莉莎冥顽不灵。"别来这一套，娜娜，"她严厉地说，把娜娜拽出了房间，"我警告你，你要再叫，我马上就把先生太太从晚会上请回家来，那时候，瞧着吧，主人不拿鞭子抽你才怪。"

她把这只倒霉的狗又拴了起来。可是，你以为娜娜会停止吠叫吗？把先生太太从晚会上请回家来？那不正是她求之不得的事吗？只要她看管的孩子平安无事，你以为她会在乎挨顿鞭子吗？不幸的是，莉莎又回厨房做她的布丁去了，娜娜发现没法得到她的帮助，就拼命地猛挣锁链，终于把它挣断了。转眼间，她冲进了二十七号公馆的餐厅，把两只前掌朝天举起。这是她最能清楚表达自己意思的方法。达林夫妇顿时明白，他家育儿室里发生了可怕的事。没顾上向主人告别，他们就冲到了街上。

现在离三个小坏蛋藏在窗帘后面，已经有十分钟了。十分钟的时间，彼得·潘可以做许多事。

我们再回头来讲育儿室里的事。

"现在没事儿了，"约翰从藏着的地方出来宣布，"我说彼得，你真能飞吗？"

彼得懒得回答他，绕着房间飞了起来，顺手拿起壁炉架。

"真绝了！"约翰和迈克尔说。

"妙极了！"温迪喊道。

"是啊，我真是妙极了，啊，我真是妙极了！"彼得说，他又得意忘形了。

看起来好像容易，他们先在地板上试，然后又在床上试，可就是老往下坠，不往上升。

"喂，你是怎么飞起来的？"约翰问，揉着他的膝盖。他是个挺讲实际的男孩。

"你只消想些美妙的、奇异的念头，"彼得解释说，"这些念头就会把你升到半空中。"

彼得又做给他们看。

"你做得太快，"约翰说，"你能不能慢慢地做一次？"

彼得慢的快的都做了一次。"我学会了，温迪！"约翰喊道，可是他马上就明白，他并没有学会。他们三个，没有一个能飞一寸远。虽然就识字来说，连迈克尔也能认两个音节的字了，彼得却一个字母也不认得。

当然，彼得是和他们逗乐子，因为身上若没有吹上仙尘，谁也飞不了的。幸而我们说过，彼得的一只手上沾满了仙尘，他在每人身上吹一点儿仙尘，果然产生了极好的效果。

"现在，你们像这样扭动肩膀，"他说，"起飞！"

他们都站在床上，勇敢的迈克尔第一个起飞。他本没打算起飞，可是竟飞起来了，一下子就飞过了房间。

"我飞了！"他刚飞到半空中，就尖叫起来。

约翰也飞起来了，在浴室附近遇到了温迪。

"啊，太美了！"

"啊，太棒了！"

"瞧我！"

"瞧我！"

"瞧我！"

他们都没有彼得飞得优雅，他们的腿都禁不住要蹬踹几下，不过他们的脑袋已经一下又一下地碰到了天花板，这真是妙不可言。起初，彼得伸手去搀温迪一把，可是马上又缩了回来，因为叮叮铃怒不可遏。

他们上上下下、一圈又一圈地飞着，像温迪说的，跟上了天一样。

"我说，"约翰嚷道，"我们干吗不都飞出去呀！"

这正是彼得想引诱他们去干的事。

迈克尔准备好了，他要看看，飞十六亿千米需要多长时间，可是温迪还在犹豫。

"人鱼啊！"彼得又一次说。

"啊！"

"还有海盗呢。"

"海盗，"约翰喊道，一把抓起他星期天才戴的帽子，"我们马上就走吧。"

就在这当儿，达林夫妇带着娜娜冲出了二十七号的大门。他们来到街心，抬头望着育儿室的窗子。还好，窗子仍旧关着，可是屋里灯火通明。最叫人心惊胆战的是，他们可以看见窗帘上映出三个穿睡衣的小身影，绕着房间转圈儿，不是在地上，而是在半空中。

不是三个身影，是四个。

他们颤抖着推开街门。达林先生要冲上楼去，可是达林太太向他打手势，要他放轻脚步。她甚至努力让自己的心跳得轻些。

他们赶到育儿室还来得及吗？要是来得及，他们该多高兴啊，我们也都会松一口气；可那样，就没有故事可讲了。反过来，要是来不及，我郑重地向大家保证，最后的结局终归是圆满的。

要不是星星们在监视着他们，他们本来是来得及赶到育儿室的。星星又一次吹开了窗子，最小的一颗星喊道：

"彼得，逃呀！"

彼得知道，他一刻也不能再耽误了。

"来吧。"他专断地命令道，立马飞进了夜空，后面跟着约翰、迈克尔和温迪。

达林夫妇和娜娜冲进育儿室，可是太晚了，鸟儿们已经飞走了。

第四章　飞行

"右手第二条路，一直向前，直到天明。"

这就是彼得告诉温迪到永无乡的路。但即使是鸟儿带着地图，在每个有风的角落照图找，按照他指示的路线也是没法找到的。要知道，彼得不过是想到什么就信口那么一说罢了。

起初，他的同伴们对他深信不疑，而且飞行是那么有趣，他们费了不少时间绕着教堂的塔尖，或者沿途其他好玩的高耸的东西飞。

约翰和迈克尔比赛，看谁飞得快，迈克尔领先了。

回想起刚才，也就是不久前，他们能绕着房间飞就自以为是英雄好汉了，现在想想觉得怪可笑的。

可是"刚才""不久"，到底有多久？在他们刚飞过一片海以后，这个问题就扰得温迪心神不安了。约翰认为这是他们飞过的第二片海和第三个夜。

有时天很黑，有时又很亮；有时很冷，有时又太热了。有时也不知道他们是真的觉得饿，还是装作饿了。因为彼得有一种新鲜有趣的方法给他们找吃的，那就是他看到飞鸟嘴里衔着人能吃的东西，他就追上去，并从它们嘴里夺过吃的来。于是，鸟儿追了上来，又夺了回去。就这样，他们彼此开心地追来追去，一连好几千米。最后，他们互相表示友好就分开了。但是，温迪注意到，彼得似乎不知道这种觅食方法有多古怪，他甚至不知道还有别种觅食的办法。

当然，他们想睡觉，这可不是装出来的，他们是真的困了。那是很危险的，因为只要一打盹，他们就直往下坠。糟糕的是，彼得觉得这很好玩。

迈克尔像块石头似的往下坠时，彼得竟欢快地喊道："瞧，他又掉下去了！"

"救救他，救救他！"温迪大叫，望着下面那片汹涌的大海，吓坏了。末了，就在迈克尔即将掉进海里的一刹那，彼得从半空中一个俯冲下去，把迈克尔抓住。他这一手真够漂亮的。可是他总要等到最后一刻才使出这招，你会觉得他是想卖弄本领，而不是救人一命。而且他喜欢变换花样，这一阵爱玩一种游戏，过一会儿又腻了。很可能下一次你再往下坠时，他就由你去了。

彼得能在空中睡觉而不往下坠，他只消仰卧着就能飘浮。这至少一部分是因为他身子特轻，要是你在他身后吹口气，他就飘得更快。

他们在玩"跟上头头"的游戏时，温迪悄悄地对约翰说："得对他客气些。"

"那就叫他别显摆。"约翰说。

原来他们玩"跟上头头"的时候，彼得飞近水面，一边飞，一边用手去摸每条鲨鱼的尾巴，就像你在街上用手指摸着铁栏杆一样。这一手他们是学不来的，所以，他就像是在显摆，尤其是因为他老是回头望，看他们漏下了多少鲨鱼尾巴。

"你们得对他好好的，"温迪警告弟弟们，"要是他把我们扔下不管了，我们怎么办？"

"我们可以回去呀。"迈克尔说。

"没有他，我们怎么认得回去的路呢？"

"那我们可以往前飞。"约翰说。

"那可就糟了，约翰。我们只能不住地往前飞，因为我们不知道怎样停下来。"

这倒是真的，彼得忘了告诉他们怎样停下来。

约翰说，要是倒霉到头了，他们只消一个劲儿往前飞就行了，因为地球是圆的，到时候他们总能飞到自家的窗口。

"可谁给我们找吃的，约翰？"

"我们灵巧地从那只鹰嘴里夺下一小块儿食来，温迪。"

"那是你夺了二十次以后才弄到的，"温迪提醒他说，"就算我们能得到食物，要是他不在旁边照应，我们会撞上浮云什么的。"

真的，他们老是撞上这些东西。他们现在飞得很有力了，虽说两腿还踢蹬得太多了些。可要是看见前面有一团云，他们越想躲开它，就越是非撞上它不可。要是娜娜在跟前，这时候她准会在迈克尔额头上绑一条绷带。

彼得这会儿没和他们飞在一起，他们在空中觉得怪寂寞的。他飞得比他们快多了，所以，他可以突然窜到别处不见了，去寻点儿什么乐子，那是他们分享不到的。他会大笑着飞下来，他刚和一颗星星说了什么逗得不行的笑话，可是他已经忘记那是什么了。有时他又飞上来，身上还沾着人鱼的鳞片，可究竟发生了什么，他又说不上来。从没见过人鱼的孩子们，实在有点儿恼火。

"要是他把这些忘得那样快，"温迪推论说，"我们怎么能盼望他会一直记着我们？"

真的，有时他回来时就不认得他们了，至少是记不清了。温迪知道准是这样的，白天他正打他们身边飞过，就要飞走的时候，温迪看见，他眼里露出惊喜的神情。有一次，温迪甚至要重新告诉他自己的名字。

"我是温迪。"她着急地叫道。

彼得很抱歉。"我说，温迪，"他悄悄地对她说，"要是你看到我把你忘了，你只要不停地说'我是温迪'，我就会想起来了。"

当然，这不怎么令人舒服。不过，为了弥补，彼得教他们怎样平躺在一股强劲的顺风上。这个变化真叫人高兴，他们试了几次，就能稳稳当当地躺在风上睡觉了。他们本想多睡一会儿，可是彼得很快就睡腻了，他马上用队长的口气喊道："我们要在这儿飞下去了。"就这样，尽管一路上不免有小争小吵，可总的来说是欢快的，他们终于飞近永无乡了。过了好几个月，他们真的飞到了，而且，他们一直是照直朝它飞去的，这倒不完全是因为有彼得和叮叮铃带路，而是因为那些岛正在眺望他们。只有这样，一个人才能看见那些神奇的岸。

"就在那儿。"彼得平静地说。

"在哪儿，在哪儿？"

"所有的箭头指着的地方。"

真的，一百万支金箭给孩子们指出了岛的位置。那些箭都是他们的朋友——太阳射出的。在黑夜来到之前，太阳要让他们认清路。

温迪、约翰和迈克尔在空中踮起脚，要头一遭见见这个岛。说也奇怪，他们一下子就认出它来了，没等他们觉得害怕，他们就冲着它大声欢呼起来。他们觉得那岛不像是梦想已久而终于看到的东西，倒像是放假回家就可以看到的老朋友。

"约翰，那儿是礁湖。"

"温迪，瞧那些往沙里埋蛋的乌龟。"

"我说约翰，我看见你那只断腿的红鹤了。"

“瞧，迈克尔，那是你的岩洞。”

“约翰，小树丛里是什么？”

“那是一只狼，带着它的小狼崽。温迪，我相信那就是你的那只小狼。”

“那边是我的小船，约翰，船舷都破了。”

“不，那不是。你的船我们烧掉了。”

“不管怎么说，就是那只船。约翰，我看见印第安人营寨里冒出的烟了。”

“在哪儿？告诉我，看到烟怎么弯，我就能告诉你他们会不会打仗。”

“就在那儿，紧挨着那条神秘河。”

“我看见了，没错，他们正准备打仗。”

他们竟然懂得这么多，彼得有点儿恼火。要想在他们面前逞能，他很快就能得手了，因为，我不是告诉过你们吗，过不了多一会儿，他们就害怕起来了。

当金箭消失、那个岛变得黑暗的时候，恐惧就攫住了他们。

原先在家的时候，每到临睡时，永无乡就显得有点黑魆魆的，怪吓人的。这时，岛上出现了一些没有探明的荒凉地，而且面积越来越广阔；那里晃动着黑影；吃人野兽的吼声，听起来也大不一样了。尤其是，你失去了胜利的信心。在夜灯拿进来的时候，你觉得挺高兴。你甚至很愿意听娜娜说，这只是壁炉罢了，永无乡不过是他们想象出来的。

当然，在家的时候，永无乡是想象出来的。可现在，它是真的了，夜灯没有了，天也越来越黑了，娜娜又在哪儿呢？

他们本来是散开来飞的，现在都紧凑在彼得身边。彼得那满不在乎的神态终于不见了，他的眼睛闪着光。每次碰到他的身体，他们身上就微微一震。他们现在正飞在那个可怕的岛上，飞得很低，有时树梢擦着他们的脚。空中并不见什么阴森可怖的东西，可是，他们却飞得越来越慢，越来越吃力，倒像是要推开什么阻碍才能前进似的。有时，他们停在半空中，要等彼得用拳头敲打一阵后，才飞得动。

"他们不想让我们着陆。"彼得解释说。

"他们是谁？"温迪问完，打了一个寒战。

可是彼得说不上来，或是不愿意说。叮叮铃本来在他肩上睡着了，现在他把她叫醒，叫她在前面飞。

有时他在空中停下来，把手放在耳边，仔细地听。

059

随后又往下看，眼光亮得像要把地面钻两个洞。做完这些事，他又向前飞去。

彼得的胆量真叫人吃惊。"你现在是想去冒险呢，"他偶然对约翰说，"还是想先吃茶点？"

温迪很快地说"先吃茶点"，迈克尔感激地捏了捏她的手。可是，较勇敢的约翰犹豫不决。

"什么样的冒险？"他小心地问。

"就在我们下面的草原上，睡着一个海盗，"彼得对他说，"要是你愿意，我们可以下去干掉他。"

"我没有看见他。"约翰停了半晌说。

"我看见了。"

"要是，"约翰沙哑着嗓子说，"要是他醒了呢？"

彼得生气地说："你以为我是趁他睡着了干掉他吗？我要先把他叫醒，再干掉他。我向来是这么干的。"

"你干掉过许多海盗吗？"

"是的。"

约翰说："真棒。"不过他决定还是先吃茶点好。他问彼得："现在岛上是不是还有许多海盗？"彼得说："多着呢，从来没有这么多过。"

“现在谁是船长？”

“胡克。”彼得回答说。说到这个可恨的名字，他的脸沉了下来。

“詹姆斯·胡克？”

“正是。”

于是迈克尔真的哭了起来，就连约翰说话也咽着气，他们久闻胡克的恶名。

“他就是那个黑胡子船长，”约翰哑着嗓子低声说，“他是最凶狠的一个，巴比克就怕他一个人。”

“就是他。”彼得说。

“他长什么样？个头大吗？”

“他不像以前那么大了。”

“怎么讲？”

“我从他身上砍掉了一块。”

“你？”

“不错，我。”彼得厉声说。

“我没有不尊重你的意思。”

“啊，没关系。”

“那……砍掉了他哪一块儿？”

“他的右手。”

“那他现在不能战斗了？”

“他当然能！”

“左撇子？”

“他用一只铁钩子①代替右手，他用铁钩子抓。”

“抓？”

“我说，约翰。”彼得说。

“嗯。”

“要说‘是，是，先生’。”

“是，是，先生。”

“有一件事，”彼得接着说，“凡是在我手下做事的孩子都必须答应我，所以，你也得答应。”

约翰的脸煞白。

“这件事就是，要是我们和胡克交战，你得把他交给我来对付。”

“我答应。”约翰顺从地说。

这时他们不觉得那么阴森可怕了，因为叮叮铃随他们一起飞，在她的亮光下，他们可以互相看见。不幸的是，她不能飞得像他们那样慢，所以，她就得一圈一圈地绕着他们飞。他们在光圈里前进。温迪挺喜

---

① 胡克的原文 Hook，是钩子的意思。

欢这样，可是后来彼得指出了缺点。

"她告诉我，"彼得说，"天黑以前海盗就看见我们了，已经把'长汤姆'拖了出来。"

"是大炮吗？"

"是啊。叮叮铃的亮光，他们当然看得见，要是他们猜到我们就在亮光的附近，准会冲我们开火。"

"温迪！"

"约翰！"

"迈克尔！"

"叫叮叮铃马上走开，彼得。"三个人同时喊着，可是彼得不肯。

"她以为我们迷路了，"彼得执拗地回答，"她有点儿害怕。你想我怎么能在她害怕的时候，把她一个人打发走！"

霎时，那光亮的圈子断了，有什么东西亲昵地拧了彼得一下。

"那请告诉她，"温迪恳求道，"熄灭她的光。"

"她熄灭不了。那大概是仙子唯一做不到的事。只能在她睡着的时候自然地熄灭，就像星星一样。"

"那叫她马上睡觉。"约翰几乎是在下命令。

"除非她困了，她不能睡。这又是一件仙子做不到的事。"

"照我看，"约翰大声吼道，"只有这两件事才值得做。"

说着，他挨了一拧，可不是亲昵的。

"要是我们谁有一只口袋就好了，"彼得说，"那我们就可以把她放在口袋里。"不过，他们出发时太仓促，四个人一只口袋也没有。

彼得想出一个妙策：约翰的帽子。

叮叮铃同意乘帽子旅行，如果帽子是拿在手里的。帽子由约翰拿着，虽然叮叮铃希望由彼得拿着。过了一会儿，温迪把帽子接了过去，因为约翰说，他飞的时候，帽子碰着他的膝盖。这样一来，可就要惹出麻烦了，下面我们就会看到，因为叮叮铃不愿意领温迪的情。

亮光完全藏在黑帽子里了，他们静悄悄地继续往前飞。他们还从来没有经历过这样深沉的寂静，只是偶尔从远处传来舌头舔东西的声音。彼得说，那是野兽在河边喝水。有时又听到一种沙沙声，那也许是树枝在相蹭。不过，彼得说，那是印第安人在磨刀。

就连这些声音也止息了。迈克尔觉得，这寂静实在可怕。"要是有点什么声音就好了！"他喊道。

就像回答他的请求似的，空中爆发了一声他从没听过的巨响。海盗们向他们开炮了。

炮声在群山间回响着，那回声仿佛在狂野地嘶喊："他们在哪儿？他们在哪儿？他们在哪儿？"

三个吓坏了的孩子这才敏锐地觉察到，一个假想的岛和一个真实的岛是多么不同。

空中平静下来以后，约翰和迈克尔发现，黑暗中只剩下他们两个在一起了。约翰无心地踩着空气，迈克尔本不会飘浮，竟也在飘浮着。

"你给炮打中了吗？"约翰颤抖着低声问。

"我还没呢。"迈克尔低声回答。

我们现在知道，谁也没有被炮打中。不过，彼得被炮轰起的一阵风远远地吹到了海上，温迪给吹到高空去了，身边没人，只有叮叮铃和她在一起。这时候，温迪要是把帽子扔下去就好了。

不知道叮叮铃是突然想到，还是一路上都在盘算，她立刻从帽子里钻了出来，引诱温迪走向危险之路。

叮叮铃并不是一直这样坏；或者可以说，她只在这一刻坏透了。在别的时候，她又好极了。仙子们不是这样就是那样，因为她们身体太小。不幸的是，她们在一个时间，只能容下一种感情。她们是可以改变的；可要改变就得完全改变。这阵子，她一门心思地嫉妒温迪。她说话的那种可爱的叮叮声，温迪当然听不懂；我相信，她说的话有些很难听，可是她声音很和蔼；她前前后后地飞，分明在告诉温迪，"跟我来，一切都会好的"。

可怜的温迪，她又有什么办法呢？她呼唤着彼得、约翰和迈克尔，回答她的只是嘲弄的回声。她还不知道叮叮铃恨她。于是，她心头迷乱，晃晃悠悠地飞着，跟着叮叮铃走向厄运。

第五章　来到了真正的岛

发觉彼得已经在往回飞的路上，永无乡苏醒过来，重新变得生气勃勃。我们应该说它被唤醒了，不过说苏醒了更好，彼得老是这么说。

他不在的时候，岛上变得怪冷清的。仙子们早晨会多睡一个小时，野兽们照看着它们的幼崽，印第安人大吃大喝整整六天六夜，遗失的孩子们和海盗相遇，只是咬着大拇指互相对视。可是彼得一回来，他最恨死气沉沉，于是他们又全都活跃了起来。要是你把耳朵贴在地上，就会听见，整个岛都沸腾着，充满生机。

这个晚上，岛上的几股主要成员被这样安排：遗失的孩子寻找着彼得，海盗寻找着遗失的孩子；印第安人寻找着海盗，野兽寻找着印第安人。他们全都绕着岛团团转，可是，谁也碰不上谁，因为他们行动的速度是相等的。

除了孩子们，全都杀气腾腾。由于一些缘故，岛上孩子的数目时常变动；他们眼看就要长大的时候——这是不合乎规定的，彼得就会缩减他们的人数。不过眼下他们是六个人，那对孪生兄弟算两个人。假设现在我们正伏在甘蔗林里，窥视着他们。他们排成一队，个个手按刀柄，偷偷地前进。

彼得不许他们的模样有一丁点儿像他。他们穿的是熊皮制成的衣服，一身圆滚滚、毛茸茸的，只要一跌倒，就会在地上打滚。所以，他们的脚步变得很稳。

头一个走过的是图图。在这支英勇的队伍里，他虽然不是最勇敢的，却是最不走运的。他比所有人冒险的次数都少，因为总是在他刚走过拐角，大事才发生。等事情平息了，他刚好走开，去捡点儿烧火的柴草。等他回来时，别人已经打扫干净了。运道不佳，使他脸上老是带着愁容；不过，这没使他的性格变酸，反而变甜了，所以他是孩子中最谦逊的一个。可怜的、善良的图图，今晚危险在等着你。要留神，否则，冒险的机会就会叫你碰上；你要是承担下来，就会落进一场大灾祸。图图，仙女叮叮铃今天晚上一心要捣乱，正想找一个人做工具，她认为你是孩子们当中最容易受骗的一个。提防着叮叮铃啊！

但愿他能听我们的话就好了，不过我们并不真在岛上，他咬着手指头走过去了。

第二个过来的是尼布斯，他欢快而彬彬有礼；后面跟着斯莱特利，他用树枝削成哨子，随着自己吹的曲调狂欢起舞。斯莱特利是孩子们中最自高自大的一个，他认为他还记得丢失以前的事，记得那些礼节、习俗等。这使得他的鼻子向上翘着，招人讨厌。第四个是卷毛，他是个小淘气。每次彼得板着面孔说"谁干的谁站出来"时，站出来的常常都是他。所以现在一听到这个命令，他就自动站出来，也不管是不是他干的。走在最后的是那对孪生兄弟，我们无法形容他们，因为只要一形容，准会把他们两个弄错。彼得从不知道什么叫孪生子，他不知道的事，他的队员也不许知道。所以，这两兄弟对他们自己也糊里糊涂的，他们只好带着歉意寸步不离地厮守在一起，尽可能让别人感到满意。

孩子们在黑暗中不见踪影了，过了一段时间，短短的一段时间，因为岛上的事都发生得很快，海盗们跟踪而来。在我们看见他们以前，就听到了他们的声音，而且听到的总是那支可怕的歌：

系上缆绳，哟嗬，抛锚停船
我们打劫去喽！
即使一颗炮弹，将我们打散，
在深深的海底，我们还会相见！

哪怕是在绞刑架上，也没见过这么凶神恶煞的一群匪徒。走在前头的是漂亮的意大利人切科。他赤裸着两条强壮的胳膊，两枚八比索的西班牙金币挂在耳朵上做饰物；在加奥时，他曾在典狱长的脊背上，用血字刻上了他自己的名字。这时，他频频把头贴近地面细听。走在他后面的是一个彪形黑大汉，加若木河沿岸的母亲常用他的名字吓唬孩子们。他废弃了这个名字以后，又用了许多别的可怕的名字。接着是比尔·鸠克斯，浑身上下都刺满了花纹，就是那个在"海象"号船上被弗林特砍了七十二刀才丢下金币袋的比尔·鸠克斯。还有库克森，据说是黑默菲的兄弟（不过，从来没有证实过）。还有绅士斯塔奇，曾在一所中学当助教。还有"天窗"（摩根的"天窗"）。还有爱尔兰水手长斯密，他是个特别和蔼的人。还有努得勒，他老爱背剪着手。还有罗伯特·马林斯和阿尔夫·梅森，以及其他许多在西班牙土地上无人不知、无人不怕的恶棍。

在这帮邪恶的匪徒中，最邪恶、最强横的要数詹姆斯·胡克。他自己写成詹·胡克。据说，他是海上库克唯一害怕的人。胡克安安逸逸地躺在一辆粗糙的大车子里，由他手下的人拉着走。他没有右手，用一支铁钩代替。他不时挥动着那支铁钩，催手下的人赶快拉。这个凶恶的家伙，把手下像狗一样看待和使唤，他们也像狗一样服从他。说到相貌，他有一副铁青的面孔，他的头发弯成长长的发卷，远看像一支支黑蜡烛，使他那英俊的五官带上一种恶狠狠的神情。他的眼睛是蓝色的，蓝得像勿忘我的花，透着一种深深的忧郁，除去他把铁钩向你捅来的时候，这时，他眼睛里现出两点红光，如同燃起了熊熊的火焰，让他的眼睛显得可怕极了。说到举止，他身上还残留着爵爷的气派，他那种飞扬跋扈的神态，有时会使你心惊胆战。

071

听说他以前还是个出了名的会讲故事的人。他最彬彬有礼的时候，也就是他最残暴恶毒的时候，这大概就是他出身高贵最确凿的证据。就是在他赌咒的时候，文雅的词句也丝毫不亚于他那显赫的仪态，表明他和他的水手们属于不同的阶层。这个人骁勇无比。据说，唯一使他畏怯的，是见到他自己的血。那血很浓，颜色异乎寻常。说到底，他多少有点模仿查理二世。因为，他在早年听说，他长得特像那位倒霉的斯图亚特君主。他嘴里叼着一根他自己设计的烟斗，那烟斗能使他同时吸两支雪茄。不过，他身上最阴森可怖的部分，当然就是那只铁钩。

现在让我们来杀一名海盗，看看胡克是怎样杀人的，就拿"天窗"做个例子。在海盗们行进的时候，"天窗"笨手笨脚、鬼鬼祟祟地凑到胡克眼前，用手去乱摸他那镶着花边的衣领。铁钩伸了出来，只听一声惨叫，海盗们照旧前进。胡克连雪茄也没有从嘴里拿出来。

彼得·潘要斗的，就是这样一个可怕的人。哪一个会赢呢？

尾随在海盗后面，悄无声息地潜行过来的，是印第安人。他们走过的那条小径，缺乏经验的眼睛是很难察觉的；他们一个个把眼睛睁得溜圆。手持战斧和刀，赤裸的身躯上涂着的油彩闪闪发光。这些印第安人属于皮卡尼尼族，和那些心肠较软的德拉华族和休伦族印第安人完全不同。作为前锋的是匍匐蛇行的魁梧小豹子，他是一员骁将。殿后的、处在最危险位置的，是虎莲——她骄傲地直立着，生来就是一位公主。她是肤色黝黑的女将中长得最标致的一个，是皮卡尼尼族的大美人；她时而冷若冰霜，时而热情如火。武士们没有一个不想娶她为妻的，可是她用她那把斧子挡开了所有的求婚者。瞧他们是怎样穿过落在地上的枝叶，不发出一点儿声响的，唯一能听到的，是他们那粗重的喘息声。原来他们在饱食之后，都有点发胖了；不过，他们渐渐地就会瘦下去。眼下，胖是他们的主要危险。

印第安人像影子一样追过来，又像影子一样消失了；紧接着，野兽取代了他们的位置。那是杂七杂八的一大群：狮子、老虎、熊，还有在它们前面奔窜逃命的数不清的小野兽。各种各样的兽类，特别是那些吃人的野兽，都在这个得天独厚的岛上杂处并存。它们的舌头拖得老长，今晚，它们都饿了。

野兽过去以后，最后一个角色上场了，那是一只巨大无比的鳄鱼，它追逐的目标是谁，我们很快就会看到。

鳄鱼过去了，没过多久，孩子们又出现了。因为这个队列必须无穷尽地进行下去，直到某一部分停止前进，或者改变前进的速度。接着，他们彼此之间很快就会相互厮杀起来。

大家都在敏锐地注视着前方，没有一个想到危险可能从背后偷袭。这就可以看出，这个岛是多么真实了。

头一个脱离这个转动着的圈子的，是孩子们。他们躺倒在草地上，离他们地下的家很近。

"我真希望彼得回来呀。"他们全都心神不宁地说，虽然他们个头儿都比他们的队长高，腰身也比他粗。

"只有我一个人不怕海盗。"斯莱特利说，他说话的腔调使他很不招大伙儿喜欢。不过也许远处有什么响声惊动了他，因为他赶紧又说："不过，我也希望彼得回来，给我们讲讲灰姑娘后来又怎么样了。"

于是，他们谈起了灰姑娘。图图相信，他母亲当初一定很像她。

只有当彼得不在的时候，他们才能谈起母亲，彼得禁止谈这个话题，因为他觉得这很无聊。

"关于我的母亲，我只记得一件事，"尼布斯告诉大伙儿，"她老是对父亲说：'啊，我真希望能有我自己的支票簿。'我不知道支票簿是什么，可我真想给我母亲一个。"

正谈着，他们听到远处传来一种声音。你我不是生活在林中的生物，是不会听到的，可他们听到了，就是海盗的那首凄厉的歌：

> 哟嗬，哟嗬，海盗的生活。
> 骷髅和白骨的旗帜，
> 欢乐一时，麻绳一根，
> 好啊，大卫·琼斯。

转眼间，遗失的孩子们——都上哪儿去啦？他们已经不在那儿了。兔子都没有他们溜得快。

我告诉你们他们都上哪儿去了，除了尼布斯——他跑到别处侦察敌情去了——他们全都回到了地下的家里，那真是个美妙的住处，下面我们就要细说。可他们是怎么进去的呢？因为地面上一个入口也看不见，连一堆树枝也没有；要是有一堆树枝，搬开就会露出一个洞口。要是你仔细瞧，你会看见那儿有几株大树，树干是空的，每个树干下面都有一个洞，像孩子的身体那般大小。这就是通向地下的家的七个入口，几个月来，胡克一直在找，却没有找到。今天他会找到吗？

海盗们走近时，斯塔奇眼快，他瞧见尼布斯穿过树林逃跑了。他立刻亮出了手枪，可是一只铁钩抓住了他的肩膀。

"放开我，船长。"他扭动着身子叫道。

现在，我们第一次听到了胡克的声音，那是阴险狠毒的声音。"先把手枪放回去。"那声音威胁着。

"那是你恨的一个男孩，我本来是可以打死他的。"

"是啊，不过枪声会引来虎莲公主的印第安人。"

"我可以去追他吗，船长？"可怜巴巴的斯密问，"我可以用我的约翰开瓶钻给他挠痒痒吗？"斯密喜欢给什么东西都起一个好听的名字，他管他的短弯刀叫约翰开瓶钻，因为他喜欢用刀在伤口里旋转。

"我的约翰是个不声不响的家伙。"他提醒胡克说。

"现在还不要，斯密。"胡克阴险地说，"他只是一个，我要把他们七个通通干掉。分散开来，去找他们。"

海盗们在树林里散开了，不一会儿，只剩下船长和斯密两个人了。胡克沉重地叹了一口气；我不知道他为什么叹气，也许是因为那柔媚的夜色吧。他忽然起念，想把自己一生的故事推心置腹地讲给他忠实的水手长听。他讲了很久，很认真；可是，他讲的是什么，斯密一点儿也没听明白。

忽然，斯密听到了彼得这个名字。

"我最想抓到的，"胡克激动地说，"是他们的队长彼得·潘。就是他，让我失去了胳膊。"他恶狠狠地挥动着他那只铁钩，"我等了很久，要用这玩意儿和他握手。噢，我要把他撕碎。"

"可是，"斯密说，"我还听你说过，那钩子能顶二十只手，它能梳头，还能做别的家常事。"

"是啊，"船长回答说，"我要是个妈妈，我一定祈求我的孩子生下来就有这件东西，而不是那件东西。"他得意地瞄了一眼他的那只铁钩，又轻蔑地瞄了一眼他的那只手。接着，他又皱起了眉头。

"彼得把我的胳膊，"他战战兢兢地说，"扔给了一只正好路过的鳄鱼。"

"我常注意到，"斯密说，"你对鳄鱼有一种奇怪的恐惧。"

"我不是怕鳄鱼，"胡克纠正说，"而是只怕那一只鳄鱼。"他压低了嗓音说，"那只鳄鱼很喜欢吃我的胳膊，斯密。打那以后，它就跟定了我，穿山过海地跟着我，想吃我身体的其余部分，馋得直舔嘴唇。"

"也可以说，"斯密说，"这是一种赞美。"

"我才不要这种赞美，"胡克暴躁地狂吼，"我要的是彼得·潘，是他第一个让鳄鱼尝到了我的滋味。"

胡克在一只大蘑菇上坐下来，他的声音有点颤抖。"斯密，"他沙哑地说，"那条鳄鱼本来早该把我吃掉了，幸亏它碰巧吞下一个钟，钟在它肚子里嘀嗒嘀嗒响；所以，在它挨近我以前，我听到了那嘀嗒声，就一溜烟逃跑了。"他放声大笑，可那是干笑。

"总有一天，"斯密说，"那钟会停住不走，那时，鳄鱼就会追上你。"

胡克舔了舔干裂的嘴唇。"可不是吗，"他说，"我没日没夜提心吊胆的就是这个。"

当他坐下来后，他就觉得身上热得出奇。"斯密，"他说，"这个座位是热的。"他猛地跳起来，"活见鬼，了不得，我都快烤煳了……"

他们察看了这只蘑菇，它又大又硬，是英国本土上从未见过的。他们试着去拔它，一下子就把它拔了起来，原来这蘑菇没有根。更奇怪的是，立刻有一股烟冒了出来。两个海盗面面相觑。"烟囱！"他们异口同声地惊呼。

他们果真发现了地下家的烟囱。这是孩子们的习惯，当敌人来到附近时，就用蘑菇把烟囱盖上。

不光是烟，孩子们的声音也传了出来。因为他们躲藏在这个窝里，觉得很安全，于是就快活地闲谈起来。海盗狞恶地听了一会儿，然后把蘑菇放回原处。他们四下里环视了一遭，发现了七棵树上的树洞。

"你听见他们说没有？彼得·潘不在家。"斯密小声说，手里掂着他那只约翰开瓶钻。

胡克点了点头，他站着，凝神思考了好一阵子，一丝冷冷的微笑浮现在他黝黑的脸上。斯密等着他发话。"亮出你的计划来吧，船长。"斯密急切地喊道。

"回到船上去，"胡克慢慢地从牙缝里挤出话来，"做一只厚厚的、油腻腻的、浇上绿糖的大蛋糕。下面一定只有一间屋子，因为只有一个烟囱。这些傻田鼠没头脑，竟不懂他们不需要每人一个出口，可见他们没有母亲。我们把那只蛋糕放在人鱼的礁湖岸边，这些孩子常在那儿游泳，和人鱼戏耍。他们会看到蛋糕，会狼吞虎咽地把它吃下去。因为他们没有母亲，他们不懂得吃油腻的、潮湿的蛋糕有多么危险。"他放声大笑，这回不是干笑，是开怀畅笑，"哈哈，他们要死了。"

　　斯密越听越佩服。"我从来没听说过比这更歹毒、更漂亮的计策了。"他叫了起来。在狂喜中，他们边舞边唱：

系上缆绳，我来了，
他们吓得浑身颤抖；
……

　　他们开始唱起这首歌，可是再也没能把它唱完，因为响起了另外一个声音，止住了他们的歌。起初，那声音很小，掉下一片树叶，就能把它盖住；但是离得越近，就越清晰。

嘀嗒，嘀嗒，嘀嗒，嘀嗒……

胡克呆站着，瑟瑟发抖，一只脚提得高高的。

"鳄鱼。"他喘息着说，跳起来逃跑了，他的水手长紧跟在后面。

真是那条鳄鱼，它超过了印第安人。印第安人正在跟踪其他海盗。鳄鱼身上淌着水，跟在胡克身后爬来。

孩子们又回到地面上来了，可是，夜间的危险还没有完，忽然间尼布斯气喘吁吁地跑到他们那儿，后面追着一群狼，舌头吐得老长，叫声好不吓人。

"救救我，救救我！"尼布斯喊道，跌倒在地上。

"可我们怎么办，我们怎么办？"

在这千钧一发的时刻，他们不由得都想到了彼得，这应该说是对彼得的最高赞誉。

"彼得会怎么办？"他们不约而同地喊道。

他们几乎异口同声地说："彼得会从两腿中间盯着它们看。"

"那么，我们就照彼得的办法做。"

那是一种对付狼的很有效的办法，他们一齐弯下腰去，从两腿中间往后看。随后的时间显得很长，可是胜利来得很快，孩子们用这种可怕的姿势朝着狼逼近时，那群狼全都夹拉着尾巴逃之夭夭了。

尼布斯从地上爬了起来，他眼睛直瞪瞪的，别的孩子以为他还在望着那些狼，可是他看到的不是狼。

"我看见了一个更怪的东西，"他喊着，别的孩子急切地围拢过来，"一只大白鸟，正朝这边飞过来。"

"你认为那是一只什么鸟？"

"我不知道，"尼布斯惊魂不定，"看样子很疲倦，一面飞一面哼哼'可怜的温迪'。"

"可怜的温迪？"

"我想起来了，"斯莱特利马上接口说，"有一种鸟，名字就叫温迪。"

"瞧，它来了。"卷毛喊，指着天空中的温迪。

温迪现在差不多已经飞到孩子们的头顶上了，孩子们能听到她悲哀的呼声。可是听得更清楚的，是叮叮铃的尖厉喊声。这个心怀嫉妒的仙子，现在已经抛开了一切友好的伪装，从四面八方向受害的温迪发起冲击，每碰到她的身体，就狠狠地拧上一把。

"喂，叮叮铃。"惊奇的孩子们喊。

天空中丁零零地响起了叮叮铃的回答："彼得要你们射死温迪。"

彼得的命令，他们从来不怀疑。

"我们照彼得的吩咐做吧。"这些头脑简单的孩子嚷嚷道。

"快，拿弓箭来。"

除了图图，孩子们都钻进了树洞。图图手里拿着弓箭，叮叮铃看到了，搓着她的小手。

"快呀，快，图图！"她大声叫道。

图图兴奋地张弓搭箭。"走开，叮叮铃。"他高声喊。跟着，他把箭射了出去。于是，温迪晃晃悠悠地落到了地上，一支箭插在了她的胸口上。

第六章　小屋子

当其他孩子拿着武器从树洞里跳出来的时候，糊涂的图图，俨然以胜利者的姿态站在温迪身边。

"你们来晚了，"他骄傲地说，"我已经把温迪射下来了，彼得一定会非常喜欢我的。"

头顶上，叮叮铃大喊了一声"笨蛋"！窜到别处，躲藏起来了，孩子们没听见她的话。他们围绕着温迪盯着她看时，林中寂静得可怕；要是温迪的心还在跳，他们一定会听到的。

斯莱特利头一个开口说话。"这不是什么鸟，"他惊恐地说，"我想，这一定是一位小姐。"

"小姐？"图图说，不由得发起抖来。

"可我们把她给杀了。"

他们全都摘下了帽子。尼布斯哑着嗓子说。

"现在我明白了，"卷毛说，"是彼得把她带来给我们的。"他悲痛地倒在地上。

"好不容易才有一位小姐来照料我们，"孪生兄弟中的一个说，"可你竟把她杀了。"

他们替图图难过，更替自己难过。图图向他们走近时，他们转过身去不理他。

图图的脸变得惨白，可是他脸上也现出一种从未有过的庄严。

"是我干的，"他沉思着，"以前小姐们来到我梦里时，我总是说，'美丽的母亲，美丽的母亲。'可是，这回她真的来了，我却把她射死了。"

他慢慢地走开了。

"别走。"他们怜悯地说。

"我非走不可，"图图哆哆嗦嗦地回答，"我太害怕彼得了。"

就在这悲惨的时刻，他们听到一个声音，心都跳到嗓子眼儿了，他们听到的是彼得的叫喊声。

"彼得！"他们嚷道，因为，彼得每次回来时，都要这样发出信号。

"把她藏起来。"他们低声说，匆忙把温迪围在中间。可是图图独自站在一边。

又是一阵叫喊声，彼得降落到他们面前。"好啊，孩子们！"他喊。他们机械地向他道了好，接着又是一阵沉默。

彼得皱起眉头。

"我回来了，"他恼火地说，"你们为什么不欢呼？"他们张开嘴，可是欢呼不起来。彼得急着要告诉他们振奋人心的好消息，竟没有注意到异样。

"好消息，孩子们，"他喊道，"我终于给你们大伙儿带来一位母亲。"

仍然是沉默，只听到图图跪倒在地时发出"砰"的一声。

"你们没有看见她吗？"彼得不安地问，"她朝这边飞过来了。"

"唉！"一个声音说。

"啊，倒霉的日子！"又一个声音说。

图图站了起来。"彼得，"他沉静地说，"我要让你看看她。"

别的孩子还想掩盖，图图说："靠后站，孪生子，让彼得瞧。"

于是，他们全都退到后面，让彼得看，他观望了一会儿，不知道该如何是好。

"她死了，"彼得心绪不宁地说，"或许她正为自己的死感到害怕吧。"

彼得很想跳着滑稽的步子走开，走得远远的，再也看不到她，从此，再也不走近这块地方。要是他这样做了，孩子们都会乐意跟他走。

可是有支箭明摆在那儿。他把箭从温迪的心上拔下，面对着他的队伍。

"谁的箭？"他厉声问。

"我的，彼得。"图图跪下说。

"啊，卑怯的手啊！"彼得说，他举起箭，把它当作一把剑。

图图毫不畏缩，他袒露胸膛。"刺吧，彼得，"他坚定地说，"使劲儿刺。"

彼得两次举起箭来，两次又垂下了手。"我刺不了，"他惊骇地说，"有什么东西抓住我的手。"

孩子们都惊讶地望着他，只除了尼布斯，他碰巧正瞧着温迪。

"是她，"尼布斯叫道，"是温迪小姐，瞧，她的胳膊。"

说也奇怪，温迪真的举起了手。尼布斯弯下身去，恭恭敬敬地听她说话。"我想她是在说'可怜的图图'。"他轻轻地说。

"她还活着。"彼得简短地说。

斯莱特利立刻喊道："温迪小姐还活着。"

彼得在她身边跪下，发现了他的那颗橡子。你还记得吧，温迪曾把它系在项链上，挂在了自己的脖子上。

"瞧，"他说，"箭头射中这东西了，这是我给她的一个吻，它救了她的命。"

"我记起来了，"斯莱特利很快插嘴道，"让我看看，啊，对了，这是一个吻。"

彼得没有听见斯莱特利说了什么，他在恳求温迪快点复原，好带她去看人鱼。当然，温迪不能回答，因为她还晕晕乎乎的。可是这时，温迪头上传来一阵悲伤的哭声。

"听，那是叮叮铃，"卷毛说，"她在哭，因为温迪还活着。"

于是，他们不得不把叮叮铃的罪行告诉彼得，彼得脸上那种严峻的神色，他们还从来没见过。

"听着，叮叮铃，"他喊道，"我再也不跟你做朋友了，永远离开我吧。"

叮叮铃飞落在彼得的肩上，向他求情。可是，彼得用手把她掸开。直到温迪又一次举起手来，他才宽恕道："好吧，不是永远，是整整一个星期。"

你以为叮叮铃会因为温迪举了手而感激她吗？绝不，她反倒更想使劲拧她了。仙子们确实很奇怪，彼得最了解她们，常常用手扇她们。

可是温迪的身体这样虚弱，该怎么办呢？

"我们把她抬到下面的屋子里去吧。"卷毛建议。

"对，"斯莱特利说，"对一位小姐，应该这样做。"

"不，不，"彼得说，"你们不要碰她，那是不大恭敬的。"

"这正是我想到的。"斯莱特利说。

"可要是她躺在这儿，"图图说，"她会死的。"

"是啊，她会死的，"斯莱特利承认，"可是没有法子呀。"

"有法子，"彼得喊道，"我们可以围着她盖起一座小房子。"

他们都高兴了。"快,"彼得命令他们,"把你们最好的东西都给我拿来。掏空我们的家,火速。"

顿时,他们像婚礼前夕的裁缝一样忙碌起来,急急忙忙地东跑西颠,下去取被褥、上来取木柴。孩子们正忙作一团时,来了两个人,不是别人,正是约翰和迈克尔。他们一步一拖地走过来,站着就睡着了,停住脚步就醒了,再走一步又睡着了。

"约翰,约翰,"迈克尔喊,"醒醒,娜娜在哪儿,约翰?还有妈妈呢?"

约翰揉着眼睛,喃喃地说:"这是真的,我们飞了。"

一见到彼得,他们当然就大大地松了一口气。

"你好,彼得。"他们说。

"你好。"彼得和蔼地回答,虽说他几乎快要忘掉他们了。这时他正忙着用脚量温迪的身长,看看需要给她造多大的房子。当然,还得留出放桌椅的地方。约翰和迈克尔望着他。

"温迪睡着了吗?"他们问。

"是的。"

"约翰，"迈克尔提议说，"我们把她叫醒，让她给我们做晚饭吧。"正说着，只见别的孩子跑来，抱着树枝准备造房子。"瞧他们！"迈克尔喊。

"卷毛，"彼得用十足的队长腔调说，"领着这两个孩子去帮忙造房子。"

"是，是，大人……"

"造房子？"约翰惊呼。

"给温迪住。"卷毛说。

"给温迪住？"约翰惊诧地说，"为什么？她不过是个女孩子。"

"就因为这个，"卷毛解释说，"所以，我们都是她的仆人。"

"你们？温迪的仆人！"

"是的，"彼得说，"你们也是，跟他们一起去吧。"

吃惊的兄弟俩被拉去砍树运木头了。"先做椅子和炉档，"彼得命令说，"然后，再围着它们造屋子。"

"对了，"斯莱特利说，"屋子就是这样造的，我全记起来了。"

彼得想得很周到。"斯莱特利，"他命令道，"去请个医生来。"

"是，是，"斯莱特利立刻说，挠着头皮走开了。他知道彼得的命令必须服从。不一会儿，他戴着约翰的帽子，神态庄严地回来了。

　　"请问，先生，"彼得说，向他走过去，"你是大夫吗？"

　　在这种时候，彼得和别的孩子不同的地方是，他们知道这是假装的，可是对他来说，假装的和真的就是一回事。这一点，常常使他们感到为难，比如说，有时候他们不得不假装已经吃过饭了。

　　如果他们假装败露，彼得就敲他们的骨节。

　　"是的，我的小汉子。"斯莱特利提心吊胆地回答，因为他有些骨节已经给敲裂了。

　　"费心了，先生。"彼得解释说，"有位小姐病得很重。"

　　病人就躺在他们脚边，可是，斯莱特利装作没有看见她。

　　"啧，啧，"斯莱特利说，"病人在哪儿躺着？"

　　"在那块草地上。"

　　"我要把一个玻璃器放在她嘴里。"斯莱特利说。他假装这样做了，彼得在一旁等着。玻璃器从嘴里拿出来的时候，那才叫人担心呢。

"她怎么样？"彼得问。

"啧，啧，"斯莱特利说，"这东西已经把她治好了。"

"我很高兴。"彼得说。

"今晚我还要再来，"斯莱特利说，"用一只带嘴的杯子喂她牛肉茶。"他把帽子还给约翰时，不由得深深地吐了一口气，那是他逃脱难关时的一种习惯。

同时，在树林里斧头声响成一片。造一所舒适的住房所需要的一切几乎都已齐备，堆放在温迪脚边。

"要是我们知道，"一个孩子说，"她喜欢什么样的房子就好了。"

"彼得，"另一个孩子叫道，"她睡着睡着动弹起来了。"

"她张嘴了，"第三个孩子说，恭恭敬敬地盯着她的嘴，"啊，真可爱。"

"也许她想在睡梦里唱歌，"彼得说，"温迪，唱吧，唱出你喜欢哪种房子。"

温迪眼都没睁，立刻唱了起来：

我愿有一间漂亮的房子，
小小的，从没见过那样小，
它有好玩的小红墙，
屋顶上铺着绿绿的苔草。

他们听了，都咯咯地笑了，因为运气真好，他们
砍来的树枝都流着黏黏的红色汁液，遍地都长满了青
苔。他们叮叮咚咚造起屋子的时候，自己也唱了起来：

我们造了小墙和屋顶，
还造了一扇可爱的小门。
温迪妈妈，你还要什么？
请告诉我们。

温迪在回答时，提出了过奢的要求：

要问我还要什么，
我要四周都装上华丽的窗，
玫瑰花儿向里窥看，
小小婴孩向外张望。

他们猛一击拳，就装起窗子来，黄色的大叶子做百叶窗，可是玫瑰花呢？

"玫瑰花！"彼得严厉地喊。

于是，他们马上假装沿着墙栽上了玫瑰。

小婴孩呢？

为了提防彼得要婴孩，他们赶紧又唱：

> 我们已经让玫瑰开花，
>
> 婴孩来到了门前，
>
> 因为我们自己都做过婴孩，
>
> 所以现在不能再变。

彼得觉得这主意挺好，马上就假装这是他出的主意。房子很漂亮，温迪住在里面一定很舒服，虽然他们已经看不见她了。彼得在房子周围踱来踱去，吩咐进行完工前的小修小整。什么也逃不过他的那双鹰眼。看起来像是完全造好了——

"门上还没有门环呢。"彼得说。

他们觉得怪难为情，图图拿来他的鞋底，做成了一个绝妙的门环。

他们想，这下可该齐全了。

还差得远呢。"没有烟囱，"彼得说，"一定要有一个烟囱。"

"当然得有一个烟囱。"约翰煞有介事地说。彼得忽然起了一个念头，他一把抓过约翰头上的帽子，敲掉帽顶，把帽子扣在屋顶上。小屋子得到这样神气的一个烟囱，非常高兴，像是要表示谢意，一缕青烟立刻从帽子里袅袅升起。

这回真的彻底完工了。再也没什么可干的，只剩下敲门了。

"都把你们自己拾掇得体面些，"彼得警告他们，"初次印象是再重要不过的了。"

他很庆幸没有人问他什么叫初次印象，他们都忙着拾掇自己去了。

彼得很礼貌地敲了敲门。这当儿，树林和孩子们一样全都静悄悄的，除了叮叮铃的声音，听不到一点儿声响；这时，她正坐在树枝上观望着，公开地讥笑他们。

孩子们心中纳闷，会不会有人应声来开门。如果是位小姐，她是什么样子？

门开了，一位小姐走了出来，正是温迪，他们都脱下了帽子。

她露出恰如其分的惊异神色，这正是他们希望看到的样子。

"我是在哪儿？"她说。

第一个想出答话的，自然是斯莱特利。"温迪小姐，"他急忙说，"我们为你造了这间房子。"

"啊，说你喜欢吧！"尼布斯说。

"多可爱的宝贝房子呀。"温迪说，这正是他们希望她说的话。

"我们是你的孩子。"孪生子说。

跟着，他们全都跪下，伸出双臂喊道："啊，温迪小姐，做我们的母亲吧。"

"我行吗？"温迪说，满脸喜色，"当然那是非常有意思的。可是，你们瞧，我只是一个小女孩，没有实际经验呀。"

"那不要紧。"彼得说，就好像他是这里唯一懂得这些事的人。其实，他是懂得最少的一个。"我们需要的，只是一位像妈妈一样亲切的人。"

"哎呀！"温迪说，"你们瞧，我觉得我正是那样一个人。"

"正是，正是，"他们全都喊道，"我们一下子就看出来了。"

"好极了，"温迪说，"我一定尽力而为。快进来吧，顽皮的孩子们。我敢说，你们的脚一定都湿了。我把你们打发上床之前，还来得及讲完灰姑娘的故事。"

他们进来了。我不知道小屋里怎么容得下那么多人。不过在永无乡，是可以挤得紧紧的。他们和温迪一起，度过了许多快乐夜晚，这是第一夜。过后，温迪在树下的屋子里，打发他们睡在大床上，给他们掖好被子。她自己那晚睡在小屋里。彼得手持出鞘的刀，不停地在外面巡逻，因为海盗们还在远处饮酒作乐，狼群也在四处觅食。黑暗中，小屋显得那么舒适，那么安全，百叶窗里透出亮光；烟囱里冒出袅袅轻烟，又有彼得在外面站岗。

过了一会儿，彼得睡着了。宴毕归家的轻浮仙子们，不得不从他身上爬过去。要是别的孩子挡住了仙子的夜路，她们会捣乱的。可是，对于彼得，她们只捏了捏他的鼻子就过去了。

第七章　地下的家

　　第二天，彼得做的头一件事是给温迪、约翰和迈克尔量身材，好给他们几个找合适的空心树。你也许还记得，胡克曾经嘲笑孩子们每人有一株空心树。其实，糊涂的是他。因为，除非那株树适合你的身材，否则上下是很困难的。而孩子的身材没有两个是相同的。树要是合适，下去时，你只消吸一口气，就能不快不慢地往下滑；上来时，你只消交替着一呼一吸，就能蠕动着爬上来。当然，你熟悉了这套动作后，就能不假思索地上下自如，姿态真是再优美不过了。

　　不过，身材和树洞大小得合适才行，所以彼得量你的身材，就像给你量一身衣裳一样仔细。唯一不同的地方是，衣裳是按照你的身材剪裁的；而树呢，必须用你的身体去适应。通常这是很容易做到的，你可以多穿或少穿衣裳。但是，如果你身上某些不灵便的部位太臃肿，或者那株唯一能找到的树长得奇形怪状，彼得就在你身上想想办法，然后就合适了。一旦合适了，就得格外小心，保持这种合适的状态。后来，温迪高兴地发现，正因为这样，全家人才维持着良好的身体状况。

温迪和迈克尔第一次试就合适了，但是，约翰需要更换一两棵树。

练了几天以后，他们就能像井里的水桶一样上下自如了。他们渐渐地都热烈地爱上了这个地下的家，特别是温迪。这个家像所有的家一样，有一间大厅；大厅的地面，要是你想钓鱼，就可以挖一个坑；地上还长着五颜六色的蘑菇，可以当凳子坐。有一棵永无树死乞白赖要在房间中央长出来。每天早晨，孩子们把它齐地面锯掉。可是，到吃茶点的时候，它已经又长高了，他们在树干上支上一块儿门板，正好当作一张大桌子。茶点一吃完，他们又把树干锯掉。于是，屋子里又有宽敞的地方来做游戏了。屋里有一个极大的壁炉，几乎占满了整间屋子的各个部分，你愿意在哪儿生火都行。温迪在炉前系上许多用植物纤维搓成的绳子，她把洗净的衣裳晾在上面。床铺白天就靠墙斜立着，到六点半时才放下来，这时候，床铺几乎占去了半间屋子。除迈克尔外，所有的孩子都睡在这张床上，一个挨一个躺着，像罐头里的沙丁鱼一样。翻身有严格的规定，由一个人发号施令，大家一齐翻身。迈克尔本也可以睡在床上，但是温迪要有一个男婴，他最小，女人的心思你们是知道的。末了，迈克尔就被放在一只篮子里，挂了起来。

这个家是很简陋的，和小熊在地下安的家也差不离。只是墙上有一个小壁龛，不过一个鸟笼那么大，那是叮叮铃的闺房。一幅小小的围幔可以把她同外面隔开。叮叮铃是很拘谨的，不论穿衣或是脱衣，她都要把围幔拉上。随便哪个女人，不管她多么大，都没有享受过这样一间精致的卧室与起居室合一的闺房。她的床——她总是管它叫卧榻，真正是麦布女王①式的，有三叶草形的床脚。床罩随着不同季节的果树花

---

① 英国传说中司梦的小仙后。英国诗人雪莱曾以此为题，写了一首哲理长诗《麦布女王》。

更换。她的镜子是穿长筒靴的猫①用的那种镜子，在仙子商贩的货架上，如今只剩下三面还没有打碎。洗脸盆是馅饼壳式的，可以翻过来；抽屉柜是货真价实的迷人六世时代的，地毯是马杰里和罗宾极盛时代(早期)的产品。一盏用亮片装饰的大吊灯，只不过挂在那儿摆摆样子，当然，她用自己的光就可以照亮她的住处。叮叮铃很瞧不起家中的其余部分，这也难免。她的住处尽管漂亮，却显得有点儿自命不凡，看上去像一只老是向上翘着的鼻子。

我估摸，这一切对温迪来说，一定都很迷人，这些吵闹的孩子真把她忙得够呛。真的，除了有时候，她会在晚上带一只袜子上来补，整整一个星期，她都没有到地面上来。就说做饭吧，她的鼻子老是离不开那口锅。他们的主食是烤面包果、甜薯、椰子、烤小猪、曼密苹果②、塔帕卷儿，还有香蕉，就着盛在葫芦里的普普汁③吃下去。不过，到底是真吃了饭，还是假装吃饭，我们也说不好，那全凭彼得高兴。他也能吃，

---

① 出自《格林童话》，是一只帮助主人得到幸福的猫。
② 曼密苹果树(一种美洲热带树)的果子。
③ 塔帕卷儿(Tappa Rolls)、普普汁(Poe-Poe)均为音译，具体为何种食物尚不明。

能真吃，如果这是游戏的一部分；可是，他不能为了填饱肚皮去吃，而别的孩子多半都喜欢这样做。其次，他还喜欢谈吃。对于彼得，假装就等于是真的，他假装吃饭的时候，你就能看到他真的胖起来了。当然，对于别的孩子，假装吃饱是件苦差事；不过，你必须照他的样子做。假如你能向他证明，树窟窿对你来说变得太松了，他就会让你饱餐一顿。

他们全都上床睡觉以后，才是温迪缝缝补补的好时光。据她说，只有到这时候，她才能喘一口气。她把这时间用来给他们做新衣，在膝盖的地方做成双层，因为他们全都是膝盖那儿磨损得厉害。

温迪坐下来守着一篮子的袜子，每双袜子后跟都有一个洞。这时候，她不由得举起两臂，唉声叹气地说："哎呀呀，我有时真觉得老姑娘让人羡慕。"

她一边叹息，一边脸上泛起喜气洋洋的光。

你们还记得她的那只小爱狼吧。嗯，它很快就发现温迪来到了岛上，并且找到了她，他们彼此搂抱起来。此后，它就到处跟着她。

时光一天天过去，温迪难道不会想念远离的亲爱的父母吗？这个问题很难回答，因为在永无乡，你到底过了多少时光，谁也说不清。时光是按月亮和太阳计算的，而岛上的太阳和月亮，比在内陆多得多。不过，我估摸温迪不会十分挂念她的父母，她有绝对的信心，他们一定会随时打开窗子，等着她飞回去，因此，她觉得很安心。她感到有点儿不安的是，约翰只是模模糊糊地记得父母，就像他们是他曾经认识的什么人；迈克尔呢，他倒很情愿相信，温迪真的是他的母亲。对这事她有点害怕了，于是她英勇地负起责任。她用考试的方法，尽可能仿照她过去在学校里考试的情况，想在他们心里唤起对旧日的回忆。别的孩子觉得这有趣极了，硬是要参加考试。他们自备了石板，围坐在桌旁。温迪用另一块石板写下问题，给他们传看。他们看了问题，都用心想，用心写。这些问题都很平常：

"母亲的眼睛是什么颜色？母亲和父亲谁的个子高？母亲的头发是浅色还是深色的　　？可能的话，三题都答。"

"写一篇不少于四十字的文章，题目是：我怎样度过上次的假期，或比较父亲和母亲的性格。两题任答一题。"

"1.描写母亲的笑；2.描写父亲的笑；3.描写母亲的宴会礼服；4.描写狗舍和舍内的狗。"

每天出的题目大概就是这些，要是你答不上来，就画一个"×"。温迪发现，甚至连约翰的"×"，数量都够惊人的。每个题目都作答的，自然只有斯莱特利，谁也没有他答得快，他总能第一个交卷；不过，他的答案非常荒唐，实际上总是得最后一名。多么可悲呀！

彼得没有参加考试。一来除了温迪，所有的母亲他都瞧不起；二来他是岛上唯一不会读写的孩子，连最短的词也不会。他不屑于做这类事。

顺便提一下，所有的问题都是用过去时态写的。母亲的眼睛曾是什么颜色的等。你瞧，温迪自己也有点忘了。

下面我们会看到，冒险的事自然是天天都有；眼下，彼得在温迪的帮助下，发明了一种新的游戏，他玩得简直入了迷，可后来突然又不感兴趣了。你知道，他对游戏素来是这样。这个游戏就是，假装不去冒险，只做约翰和迈克尔一向都做的事：坐在小凳子上，向空中抛球玩；彼此推搡；出去散步，连一只灰熊都没有抓住就回来了。看彼得老老实实坐在小凳子上的那

105

副样子，才真叫有意思呢。他忍不住要摆出一本正经的神情。坐着不动，在他看来是件滑稽可笑的事。他夸口说，为了有益健康，他出去散了一会儿步。一连几天，这就是他做的最新奇的事。约翰和迈克尔不得不装作很高兴的样子，要不然，他就会对他们不客气。

彼得常独自出门。他回来时，你摸不清他到底有没有做过什么冒险的事。他也许忘得干干净净，所以什么都没有说；有时候他又大谈特谈他的冒险。有时他回家来，头上裹着绷带；温迪就过去安慰他，用温水洗他的伤口。这时，他给她讲一段惊人的故事。不过，温迪对彼得的故事，从来不敢全信。有许多冒险故事她知道是真的，因为她自己也参加了；更多的故事，她知道那至少一部分是真的，因为别的孩子参加了，说那全是真的。要把这些冒险故事全都描写一番，那就需要写一本像《英语拉丁语双解词典》那么厚的书了。我们顶多只能举一个例子，看看通常岛上的一小时是怎样过的。难就难在举哪一个例子。我们就来讲讲在斯莱特利谷和印第安人的一场小遭遇战吧。这是一场血流成河的战事，特别有趣的是，它能表现出彼得的一个特点，那就是，在战斗中，他会突然转到敌对的一方去。在山谷里，当胜负未决，时而倾向这一方、时而又倾向那一方时，彼得就大喊："我今天是印第安人。你是什么，图图？"图图说："印第安人。你是什么，尼布斯？"尼布斯说："印第安人。你们是什么，孪生子？"等等。于是他们都成了印第安人。那些真正的印第安人觉得彼得的做法很新鲜有趣，当然也就同意这一次变成遗失的孩子，于是战斗重新打响，越发打得勇猛起来。如果不是这样，这场战争就打不下去了。

那次冒险行动的结局是……不过，我们还没有决定这就是我们要讲的一次冒险故事。也许一个更好的故事是印第安人夜袭地下的家。那一回，好几个印第安人钻进树洞，上不得，下不得，像软木塞似的被拔了出来。或者我们也可以讲讲，在人鱼的礁湖里，彼得救了虎莲公主的命，因而和她结盟的故事。

或者我们还可以讲讲，海盗们做的那个大蛋糕，海盗们怎样一次又一次把它放在巧妙的地方。可是，温迪每次都从孩子们手中把它夺走。渐渐地，那蛋糕的水分干了，硬得像块石头，可以当作一个飞弹来用。夜里，胡克不小心踩上了它，摔了一跤。

要不我们讲讲和彼得友好的那些鸟儿，特别是永无鸟。这鸟筑巢在礁湖岸旁的一棵树上，巢落到了水中，那鸟却还在孵蛋。彼得下令不要去惊动它。这故事很美，从它的结局可以看出，鸟是多么知恩图报。可是，要讲这个故事，我们就得讲在礁湖发生的整个冒险事件，那当然就得讲两个故事，而不是一个。另一个故事较短，可是也同样惊险，那就是叮叮铃在一些游仙的帮助下，把睡着的温迪放在一片大树叶上，想让她漂回英国本土。幸好树叶沉下去了，温迪醒过来，以为自己是在洗海水澡，就游了回来。还有，我们也可以选这样一个故事讲讲：彼得向狮子挑战。他用箭在地上围着自己画了一个圈，挑衅狮子走进圈里来；他等了好几个钟头，别的孩子和温迪都屏住呼吸在树上看着，可到头来，没有一只狮子敢接受他的挑战。

这些冒险故事，我们选哪一段来讲呢？最好的办法，是掷一枚钱币来决定。

我掷过了，礁湖得胜了。我们也许会希望，得胜的是山谷，或者蛋糕，或者温迪的大树叶。当然，我也可以再掷，三次决定胜负。不过，最公平的办法，或许还是讲礁湖。

第八章　人鱼的礁湖

　　如果你闭上双眼，碰上运气好的时候，你会看见黑暗中悬浮着一汪池水，没有固定的形状，颜色淡白，十分可爱。然后，你把眼睛眯一眯，水池就现出了形状，颜色变得更加鲜明；再眯得紧些，那颜色就变得像着了火似的。你能在它着火前，瞥见那礁湖。这便是你在大陆上所能看到的礁湖的全部景象，仅仅是那美妙的一瞬间。要是能有两瞬间，你也许还能看见拍岸的浪花，听见人鱼的歌唱。

　　孩子们时常在礁湖上消磨长长的夏日，多半在水里游泳，或在水上漂浮，玩着人鱼的游戏，等等。你不要因此以为，人鱼们和他们友好相处。恰恰相反，温迪在岛上的时候，从来没有听到她们对她说过一句客气的话，她感到这永远是她的一个遗憾。当她偷偷地走近湖边时，她就看到成群的人鱼，特别是在流囚岩上，她们喜欢在那儿晒太阳，梳理她们的长发，那神态撩得温迪心里怪痒痒的。她可以像踮着脚走路似的，轻轻游到离她们大约一米远的地方；可这时人鱼们发现了她，就纷纷纵身潜入水中，或许还故意用尾巴撩水溅她一身。

人鱼们对待男孩子也是这样，当然彼得是个例外。彼得和她们坐在流囚岩上长时间地谈天，在她们嬉皮笑脸的时候，骑上她们的尾巴。他把她们的一把梳子给了温迪。

最适合看人鱼的时间，是在月亮初升时。那时，她们会发出奇异的哭号声。不过，那时候礁湖对于人类是危险的。在我们要谈到的那个夜晚之前，温迪从来没见过月光下的礁湖。她倒不是害怕，因为彼得当然会陪伴她，而是因为她有严格的规定，一到七点钟，人人都必须上床睡觉。她时常在雨过天晴的日子来到湖畔，那时，人鱼大批地到水面上来，玩着水泡。她们把彩虹般的水做成的五颜六色的水泡当作球，用尾巴欢快地拍来拍去，试着把它们拍进彩虹，直到破碎为止。球门就在彩虹的两端，只有守门员才被允许用手接球。有时，礁湖里有几百个人鱼同时在玩水泡，那真是一大奇观。

但是，孩子们刚想参加人鱼们的游戏，人鱼们就立刻钻进水里不见了，孩子们只得自己玩了。不过，我们有证据证明，她们在暗中窥视着这帮不速之客，并且也很乐意从孩子们那儿学到点什么。因为约翰引进了一种打水泡的新方法，用头而不是用手。于是，人鱼守门员就采用了这方法。这是约翰留在永无乡的一个遗迹。

孩子们在午饭后，会躺在岩石上休息半小时，这景象也挺好看的。温迪一定要他们这样做，即使午饭是假装的，午休也必须是真的。所以他们全都在阳光下躺着，他们的身体给太阳晒得油光锃亮，温迪坐在他们旁边，显得很神气。

就在这样的一天，他们全都躺在流囚岩上。岩石并不比他们的床大多少，不过，他们当然都懂得，不要多占地方。他们打着盹儿，或者，至少是闭着眼睛，趁温迪不注意时，不时互相挤捏一下。温迪正忙着做针线活。

111

正缝着缝着，礁湖上起了变化。水面掠过一阵微颤，太阳隐去不见了，阴影笼罩着湖面，湖水变冷了。温迪穿针都看不见了。她抬头一看，一向喜笑颜开的礁湖，这时变得狰狞可怕、不怀好意了。

她知道，不是黑夜来到了，而是某种像夜一样黑暗的东西来到了。不，比夜还要黑暗。那东西没有到来，可是，它先从海上送来一阵颤抖，预示它就要到来。那是什么呢？

她一下子想起了所有那些她听到过的、关于流囚岩的故事。之所以叫流囚岩，是因为恶船长把水手丢在岩石上，让他们淹死在那儿。当海潮涨起时，岩石被淹没了，水手们就淹死了。

当然，她应该立刻叫醒孩子们。因为，不仅莫名的危险就要临头，而且睡在一块变冷的岩石上，也不利于健康。可是，她是一个年幼的母亲，不懂得这个道理。她以为，必须严格遵守午饭后休息半小时的规矩。所以，虽然她害怕极了，却不想叫醒他们。甚至在她听到闷声闷气的划桨声，心都跳到嗓子眼儿的时候，她还是没叫醒他们。她站在他们身边，让他们睡足。温迪难道还不勇敢吗？

112

幸好男孩子当中有一个即使睡着了，也能用鼻子嗅出危险。彼得一纵身蹦了起来，像狗一样立刻清醒了，他发出一声警告的呼喊，唤醒了别的孩子。

他一动不动地站着，一只手放在耳朵上。

"海盗！"他喊道。别的孩子都围拢到他身边。一丝奇特的笑意浮现在他的脸上，温迪看到，不禁打了个寒战。他脸上露出这种微笑的时候，没有人敢和他说话，他们只能站着静候他的命令。命令下得又快又麻利。

"潜到水下！"

只见许多条大腿一闪，礁湖顿时杳无人迹。流囚岩孤零零地兀立在恶浪汹涌的海水中，仿佛它自己是被流放到那儿似的。

船驶近了，那是海盗的一只小艇，船上有三个人，斯密、斯塔奇，第三个是俘虏，不是别人，正是虎莲。她的手脚都被捆绑着，她知道等待她的将会是什么。她将被扔到岩石上等死。这种结局，在她那个部落的人看来，是比用火烧死或酷刑折磨还可怕的。因为部落的书里明白地写着，水中没有路能通往他们最后的归宿——幸福猎场。但是她从容镇静，她是酋长的女儿，死，也得死得像个酋长的女儿，这就够了。

当虎莲口里衔着一把刀登上海盗船时，海盗们捉住了她。船上没有设人看守，胡克总是夸口说，凭他的名气能让方圆一千米内的人闻风丧胆。现在，虎莲的命运使海盗船更加让人不敢来犯。又一声哀号，在那个狂风怒号的夜里会传得远远的。

在他们自己带来的黑暗中，两个海盗没有看见岩石，直到船撞上去才知道。

"顶风行驶，你这笨蛋。"一个爱尔兰口音喊道，那是斯密的声音，"这就是那块岩石。现在，我们只消把这个印第安人抬起来扔到岩石上，让她淹死在那儿，就完事了。"

把这样一位美丽的女郎丢在岩石上，确实是件残酷的事。可是，虎莲很高傲，不肯作无谓的挣扎。

离岩石不远，但眼睛看不见的地方，有两个脑袋在水里一起一落，那是彼得和温迪的脑袋。温迪在哭，因为这是她第一次看到惨剧。彼得见过许多惨剧，不过他全忘了。他不像温迪那样，为虎莲感到伤心。他气愤的是，两个人对付一个。因此，彼得决意要救她。最容易的方法是，等海盗离开后再去救她，可是他这样的一个人，做事从来不用容易的办法。

没有彼得办不到的事，他现在正模仿胡克的声音说话。

"啊嘀咿，你们这些笨蛋。"彼得喊道，模仿得像极了。

"是船长。"两个海盗说，惊愕得面面相觑。

"他准是游泳过来的。"斯塔奇说，他们想看，又看不见他。

"我们正要把印第安人放在岩石上。"斯密冲着他喊。

"放了她。"回答是令人吃惊的。

"放了？"

"是的，割断绑绳，放她走。"

"可是，船长……"

"马上放，听见没有。"彼得喊道。

"这真是怪事。"斯密喘着气说。

"还是照船长的命令做吧。"斯塔奇战战兢兢地说。

"是，是。"斯密说，割断了虎莲的绳子。一眨眼，虎莲像泥鳅一样，从斯塔奇的两腿之间滑进了水里。

温迪看到彼得这样机灵，当然很高兴，她知道彼得自己也一定很高兴，很可能要叫喊几声，暴露了他自己。所以，温迪立刻用手捂住彼得的嘴。正要这样做时，她的手停住了。

"小艇，啊嗬咿！"湖面上传来胡克的声音。这次，发话的却不是彼得。

彼得正准备叫喊，可是他没有，而是噘起嘴，吹出一声惊异的口哨。

"小艇，啊嗬咿！"又来了一声。

温迪明白了，真正的胡克已来到了湖上。

胡克朝着小艇游过去，他的部下举起灯笼给他引路，他很快就游到了小艇边。在灯笼的亮光下，温迪看到他的铁钩钩住了船边。正当他水淋淋地爬上小艇时，温迪看见了他那张凶恶的黑脸。她发抖了，恨不得马上游开。可是彼得不肯挪动，他兴奋得跃跃欲试，又自大得忘乎所以。"我不是个奇人吗，啊，我是个奇人！"彼得小声对温迪说。虽然温迪也认为他是个奇人，可是为了他的名誉着想，她还是很庆幸，除了她没有第二个人听到他的话。

彼得向温迪做了一个手势，要她仔细听。

两个海盗很想知道船长为什么到这儿来。可是，胡克坐在那儿，他用铁钩托着头，显得非常忧郁。

"船长，一切都好吧？"他们小心翼翼地问。可是，胡克的回答只是一声低沉的呻吟。

"他叹气了。"斯密说。

"他又叹气了。"斯塔奇说。

"他第三次叹气了。"斯密说。

"怎么回事，船长？"

末了，胡克愤愤地开口说话。

"计谋失败了，"他喊道，"那些男孩找到了一个母亲。"

温迪虽然害怕，却充满了自豪感。

"啊，他们真坏。"斯塔奇喊道。

"母亲是什么？"糊涂的斯密问道。

温迪大为诧异，她失声叫了出来："他居然不知道！"从此以后，她总是觉得，如果要养个小海盗玩，斯密就是首选。

彼得一把将温迪拉到水下，因为胡克惊叫了一声："那是什么？"

"我什么也没听见。"斯塔奇说，他举起灯笼向水上照。海盗们张望时，看到了一个奇怪的景象，那就是我告诉过你们的那个鸟巢，浮在海面上，那只永无鸟正孵在巢上。

"瞧，"胡克回答斯密的问题，"那就是个母亲。这是多好的一课啊！鸟巢一定是落到了水里，可是，母鸟肯舍弃她的蛋吗？不会的。"

他的声音忽然断了，仿佛一时想起了他那天真无邪的日子——可是他一挥铁钩，拨开了这个软弱的念头。

斯密很受感动，他凝望着那只鸟，看着那鸟巢渐渐漂走。更多疑的斯塔奇却说："如果她是个母亲，她在附近漂来漂去，也许是为了掩护彼得。"

胡克抖了一下。"对了，"他说，"我担心的就是这个。"

斯密热切的声音把胡克从沮丧中唤起。

"船长，"斯密说，"我们不能把孩子们的母亲掳来做我们的母亲吗？"

"这计策太棒了。"胡克喊道，他那大脑瓜里立刻就想出了具体方案，"我们把那些孩子捉到船上来，让他们走跳板淹死，温迪就成了我们的母亲。"

温迪又禁不住失声叫了起来。

“绝不！”她喊道，头在水面上冒了一下。

“这是什么？”

什么也看不见，海盗们想，那一定是风吹得一片树叶在响。“你们同意吗，伙计们？”胡克问。

“我举手赞成。”他们两个说。

“我举钩宣誓。”

他们都宣誓了。这时，他们都来到了岩石上，胡克忽然想起了虎莲。

“那个印第安女人在哪儿？”他突然问。

他有时喜欢开个玩笑逗趣儿，他们以为他是在开玩笑。

“没问题，船长。”斯密美滋滋地回答，“我们把她放了。”

“把她放了？”胡克大叫。

“那是你下的命令呀。”水手长结结巴巴地说。

“你在水里下的命令，叫我们把她放了。”斯塔奇说。

“该死，”胡克暴跳如雷，“搞什么鬼？”他的脸气得发黑，可是，他看到他们说的是实话，不禁惊讶起来。

"伙计们，"他有点颤抖地说，"我没发过这样的命令。"

"这可怪了。"斯密说。他们全都心慌意乱起来。胡克提高声音，可他的声音带着颤抖。

"今夜在湖上游荡的精灵鬼怪呀，"他喊道，"你们听到了吗？"

彼得当然不应该出声，可他当然非出声不可。他马上学着胡克的声音回答。

"见你的鬼，我听到了。"

在这个节骨眼儿上，胡克没有被吓得脸色发白，可是斯密和斯塔奇吓得抱成了一团。

"喂，你是谁？你说。"胡克问。

"我是詹姆斯·胡克，"那个声音回答，"'快乐的罗杰'号船长。"

"你不是，你不是。"胡克哑着嗓子喊。

"该死，"那声音反唇相讥，"你再说一句，我就在你身上抛锚。"

胡克换了一副讨好的态度。"如果你是胡克，"他几乎低三下四地说，"那么，告诉我，我又是谁？"

"一条鳕鱼，"那个声音回答，"只不过是一条鳕鱼。"

"一条鳕鱼！"胡克茫然地重复着，他那一直鼓得足足的傲气，这时突然泄了，他看到他的部下从他身边走开。

"难道我们一直拥戴一条鳕鱼做船长吗？"他们嚷嚷着，"这可是降低我们的身份了。"

他们原是胡克的狗，反倒咬了他一口。胡克虽然落到这一步，可是他并不太注意他们。要反驳这样一个可怕的谣言，他需要的，不是他们对他的信任，而是他的自信。但他觉得，他的自信从他身上滑走了。"别丢下我，伙计们。"他哑着嗓子低声说。

他那凶悍的天性里，带有一点女性的特色。所有大海盗都一样，有时也会因此得到一些直觉。忽然他想试一试猜谜游戏。

"胡克，"他问，"你还有别的声音吗？"

要知道，遇到游戏，彼得总是禁不住要玩的。于是他用自己的声音快活地回答："有啊。"

"你还有一个名字吗？"

"有的，有的。"

"蔬菜？"胡克问。

"不是。"

"矿物？"

"不是。"

"动物？"

"是的。"

"男人！"

"不是！"彼得嘹亮地回答，声音里带着轻蔑。

"男孩？"

"对了。"

"普通的男孩？"

"不是！"

"奇异的男孩？"

温迪苦恼地听着，这次的回答是"是"。

"你住在英国吗？"

"不是。"

"你住在此地吗？"

"是。"

胡克完全闹糊涂了。"你们两个给他提出几个问题。"他对另外两个人说，然后擦擦他汗湿的前额。

斯密想了想。"我想不出什么问题。"他抱歉地说。

"猜不出，猜不出，"彼得喊，"你们认输了吗？"

他太骄傲了，把这个游戏玩过了头，强盗们看到机会到了。

"是的。是的。"他们急切地回答。

"那好吧，我告诉你们，"他喊道，"我是彼得·潘！"

霎时间，胡克又恢复了常态，斯密和斯塔奇又成了他的忠实部下。

"好了，现在我们可以把他弄到手了。"胡克高声喊道，"下水，斯密。斯塔奇，看好船。不管是死是活，把他抓来。"

说着，胡克跳下水去。同时，彼得那快活的声音响了起来。

"准备好了吗，孩子们？"

"好啦，好啦。"湖的四面八方都在响应。

"那么，向海盗进攻。"

战争很短，但很激烈。头一个使敌人流血的是约翰，他英勇地爬上小艇，扑向了斯塔奇。经过一场激烈搏斗，海盗手中的弯刀掉落了。斯塔奇挣扎着跳到水里，约翰也跟着跳下去，小艇漂走了。

水面上不时冒出一个脑袋，钢铁的寒光一闪，跟着是一声吼叫，或一声呐喊。在混战中，有的人打了自家人。斯密的开瓶钻捅着了图图的第四根肋骨，他自己又被卷毛刺伤了。远离岩石的地方，斯塔奇正在紧追斯莱特利和孪生子。

这一阵子彼得又在哪儿呢？他在寻找更大的猎物。

其他的孩子都很勇敢，他们躲开海盗船长是无可非难的。胡克的铁钩把周围的水变成了死亡地带，孩子们像受惊的鱼一样逃离这块地方。

可是有一个人不怕胡克，有一个人打算走进这个地带。

说也奇怪，他们并没有在水里相遇。胡克爬到岩石上喘息，同时，彼得也从对面爬上来。岩石滑得像一个球，他们没法攀缘，只能匍匐着爬上来。他们两个都不知道对方也正在爬上来。两个人都在摸索着想抓住一块能着力的地方，不料竟碰到了对方的手。他们惊讶地抬起头来，他们的脸几乎挨到了，他们就这样相遇了。

一些伟大的英雄都承认过，他们临交手前，心都不免有些往下沉。假如彼得那时也是这样，我也不必替他隐瞒。不管怎么说，胡克是海上库克唯一害怕的人。可是彼得的心没有往下沉，他只有一种感觉：高兴。他欢喜地咬紧他那口好看的小牙。像转念一样快，他拔出胡克皮带上的刀，正好深深地插进去。这时，他看到自己在岩石上的位置比敌人高，这是不公平的战斗。于是，他伸手去拉那海盗一把。

就在这时，胡克咬了他一口。

彼得惊呆了，不是因为疼，而是因为不公平。他变得不知所措，只是愣愣地望着，吓傻了。每个孩子第一次遇到不公平时，都会这样发呆。当他和你真诚相见的时候，他一心想到的是，他有权利受到公平待遇。如果你有一次对他不公平，他还是爱你的，不过他从此就会变样了。谁也不会忘记第一次受到的不公平，除了彼得。他经常受到不公平，可他总是忘记。我想这就是他和别人真正不同的地方吧。

所以，彼得现在遇到不公平，就像初次遇到一样，他只能愣愣地望着，不知所措。胡克的铁钩抓了他两次。

但几分钟以后，别的孩子看见胡克在水里发狂似的拼命向小艇游去。这时，胡克那瘟神般的脸上已经没有了得意的神色，只有惨白的恐惧，因为那条鳄鱼正在他后面紧追不舍。平时，孩子们会一边跟在旁边游泳，一边欢呼。可是这次，他们感到深深的不安，因为彼得和温迪不见了。他们在湖里到处喊着彼得和温迪的名字，寻找他俩。孩子们找到那只小艇，钻了进去，一边划着，一边高喊："彼得——温迪——"可是没有回答，只有人鱼嘲弄的笑声。"他们准是游回去了，要不就是飞回去了。"孩子们断定。他们并不是很着急，因为他们很相信彼得。他们像男孩子一样咯咯地笑，因为今晚可以迟些睡了，这全是温迪妈妈的错。

他们的笑语声消失后，湖面上一片冷清的寂静，随后忽听得一声微弱的呼救。

"救命啊，救命啊！"

两个小小的人正朝着岩石游来，女孩已经昏过去了，躺在男孩的臂上。彼得使出最后一点力气，把温迪拽上岩石，然后，在她身边躺倒了。虽然他自己也昏迷了，他却知道湖水正在上涨。他知道他们很快就要被淹死了，可是他实在无能为力了。

他们并排躺在岩石上时，一条人鱼抓住温迪的脚，轻轻地把她往水里拽。彼得发觉她正在往下滑，突然

惊醒了，恰好来得及把她拉回来，不过，他不得不把
实话告诉温迪。

"我们是在岩石上，温迪，"他说，"可是这岩石越
来越小了，不多久，水就要把它淹没。"

可是温迪现在还听不懂。

"我们得走。"她相当开朗地说。

"是的。"彼得无精打采地回答。

"彼得，我们是游泳还是飞？"

彼得不得不告诉她：

"温迪，你以为没有我的帮助，你能游泳或是飞那
么远，到岛上去吗？"

温迪不得不承认，她是太累了。

彼得呻吟了一声。

"你怎么啦？"温迪问，立刻为彼得着急了。

"我没法帮助你，温迪。胡克把我打伤了，我既不
能飞，也不能游泳。"

"你是说，我们两个都要被淹死了吗？"

"你瞧，水涨得多快。"

他们用手捂住眼睛，不敢去看，他们心想很快就
要完了。他们这样坐着的时候，一样东西在彼得身上

轻轻触了一下，轻得像一个吻，随后就停在那儿不动了，仿佛在怯生生地说："我能帮点忙吗？"

那是一只风筝的尾，这风筝是迈克尔几天前做的。它挣脱了迈克尔的手，飘走了。

"迈克尔的风筝。"彼得不感兴趣地说，可是紧接着，他突然抓住风筝的尾，把它拉到身边。

"这风筝能把迈克尔从地上拉起来，"他喊道，"为什么不能把你带走呢？"

"把我们两个都带走！"

"它带不动两个，迈克尔和卷毛试过。"

"我们抽签吧。"温迪勇敢地说。

"你是一位女士，不行。"彼得已经把风筝尾系在她身上了。温迪抱住彼得不放，没有他一道，她不肯走。可是，彼得说了一声"再见，温迪"，就把她推下了岩石；不多会儿，温迪就飘走看不见了。彼得独自留在了湖上。

岩石变得很小了，很快就会被完全淹没。惨白的光偷偷地袭上海面，过一会儿，就能听到世上最美妙动听、最凄凉悲切的声音：人鱼唱月。

虽然彼得和别的孩子不同，但是他到底也害怕了。

他浑身一阵战栗，就像海面掠过一股波涛。不过，海上的波涛是一浪逐一浪，以至于形成了千层波涛。可是，彼得只感觉到一阵战栗。转眼间，他又挺立在岩石上，脸上带着微笑，心头的小鼓突突地敲，像是在说："这将是一场最大的冒险。"

第九章　永无鸟

礁湖上只剩下彼得一人了，在这之前，他最后听到的声音，是人鱼回到海底寝室时的响动。因为距离太远，他听不到关门的声音。不过，她们居住的珊瑚窟，门上都有小铃，开门关门时都要发出叮当声(恰似英国本土最讲究的房子那样)，这铃声彼得听到了。

海水渐渐涨上来了，正一小口一小口地吞噬彼得的脚。在海水把他整个吞没以前，为了消磨时间，他凝视着漂游在礁湖上的唯一一件东西。他想那大概是一张漂浮着的纸片，或许是那风筝的一部分。他闲得无聊，估算着那东西漂到岸边需要多少时间。

忽然，他发现这东西有点异乎寻常，它来到湖上肯定是带有某种目的的，因为，它正在逆浪而行，有时战胜了海浪。每次它战胜时，总是同情弱者的彼得，就忍不住拍起手来，好勇敢的一张纸片。

其实，那不是一张纸片，那是永无鸟。它正坐在巢上拼命努力向彼得划来。自打它落到水上以后，它就学会了用翅膀划水，居然也能勉强行驶它那只奇异的小船了。可是，在彼得认出它时，它已经非常疲乏了。它是来救彼得的，它要把巢让给他，尽管巢里头有蛋。这鸟是有点怪，因为彼得虽然待它好，可有时也折磨它。我只能猜想，这鸟大概也像达林太太等母亲一样，看到彼得一口乳牙未换，就动了慈悲心吧。

那鸟向彼得大声说，它来是为了什么；彼得也大声问那鸟，它在那儿干什么。不过，当然他们彼此都听不懂对方的话。在幻想故事里，人可以和鸟自由交谈。我真愿设想，在这个故事里，事情正是这样：彼得可以和永无鸟随意问答。但最好还是实话实说，我只想说实际上发生的事情。那就是，他们不但彼此听不懂，连礼貌都忘记了。

"我——要——你——到——巢——里——来，"那鸟叫道，尽量说得慢些，清楚些，"那——样，你——就——可——以——漂——到——岸——上——去，可——是——我——太——累——了，不——能——
再——靠——近——你，你——得——想——办——
法——自——己——游——过——来。"

"你叽叽喳喳地叫些什么呀？"彼得回答说，"你
为什么不像往常一样，让你的巢随风漂流？"

"我——要——你——"鸟说，又重复了一遍刚才
的话。

接着，彼得也又慢又清楚地说：

"你——叽——叽——喳——喳——地——叫——
些——什——么——呀？"……

永无鸟烦躁起来，这种鸟脾气是很急的。

"你这个呆头呆脑、啰里啰唆的小家伙，"她尖声
叫道，"你为什么不照我的吩咐去做？"

彼得觉出她是在骂自己，于是气冲冲地回敬一句：

"骂你自己呢！"

然后说也奇怪，他们竟互相对骂起同一句话来：

"闭嘴！"

"闭嘴！"

不过，这鸟决心尽力救彼得，她做了最后一次努
力，终于使巢靠上了岩石。然后她飞了起来，丢下了

她的蛋，为的是使她的用意明了。

彼得终于明白了，他抓住鸟巢，向空中飞着的鸟挥手表示谢意。永无鸟在空中飞来飞去不是为了领受他的谢意，也不是要看他怎样爬进巢里，她是要看看他怎样对待她的蛋。

巢里有两个大白蛋，彼得把它们捧了起来，心里盘算着。那鸟用翅膀捂住了脸，不敢看那两个蛋的下场，可她还是忍不住从羽毛缝里窥望。

我不记得是否告诉过你们，岩石上有一块木板，是很久以前海盗钉在那儿，用来标识埋藏财宝的位置。孩子们发现了这堆闪闪发光的宝藏，有时淘气劲儿上来，就抓起一把把金币、钻石、珍珠等，抛向海鸥。海鸥以为是食物，扑过来啄食，它们对这种卑鄙的恶作剧非常恼怒，气得飞走了。木板还在那儿，斯塔奇把他的帽子挂在了上面，那是一顶宽边的、高高的防水油布帽。彼得把蛋放在帽子里，把帽子放在水上，它就平平稳稳地漂起来了。

永无鸟立刻看清了彼得的妙策，高声欢叫，向他表示钦佩，彼得也应声欢呼起来。然后他跨进巢去，把木板竖起来当桅杆，又把他的衬衣挂在上面当帆。

同时，那鸟飞落到帽子上，又安安逸逸地孵起蛋来。鸟向这边漂去，彼得向那边漂去，皆大欢喜。

彼得上岸后，自然是把他曾坐过的鸟巢放在一处鸟容易看见的地方。可是，那顶帽子太可心了，那鸟竟放弃了这个巢。巢漂来漂去，直到完全散架。后来，斯塔奇每次来到湖上，总看见那鸟孵在他的帽子上，心里好不恼怒。由于我们以后不会再见到永无鸟了，因此在这里多提一句，所有的永无鸟现在都把巢筑成那顶帽子的样子，有一道宽边，幼雏可以在那上面溜达散心。

彼得回到地下的家时，被风筝拽着东飘西荡的温迪，也差不多刚到家。大家全都兴高采烈，每个孩子都有一段冒险故事可讲。但最大的一件事，或许是他们已经迟睡了好几个小时。这件事使他们非常得意，他们磨磨蹭蹭，要求包扎伤口什么的，好更加推迟上床的时间。温迪呢，虽然看到他们一个个平平安安地回了家，满心欢喜，可是，时间实在晚得不像话了，于是她喊道："全都给我上床去！"那声调让人不得不服从。不过到了第二天，她又变得异常温柔，给每个孩子都包扎了绷带。于是他们有的跛着脚，有的吊着胳膊，一直玩到上床睡觉。

第十章　快乐家庭

礁湖上这次交锋的一个结果，就是孩子们和印第安人交上了朋友。彼得把虎莲从可怕的厄运中救了出来。现在，她和她的勇士们无不乐于全力以赴地相助。他们整夜坐在上面，守卫着地下的家，静候着海盗们的大举进攻，因为海盗们的进攻显然已经近在眼前。就是在白天，印第安人也在附近一带转悠，悠闲地吸着烟斗，好像在等着有人送来什么精美的小吃。

印第安人管彼得叫伟大的父亲，匍匐在他面前，彼得很喜欢，但这对他没好处。

他们拜倒在他脚下时，他就威严地对他们说："伟大的父亲很乐意看到你们这些战士保卫小屋，抵抗海盗。"

"我，虎莲，"那个可爱的人儿于是说，"彼得·潘救了我，我是他的好朋友，我不让海盗伤害他。"

虎莲太漂亮了，不该这样谦恭地奉承彼得，可是彼得认为他受之无愧："彼得·潘知道了，这很好。"

每次他说"彼得·潘知道了"，意思就是叫他们闭嘴，他们也就心领神会，驯顺地从命了。但是，他们对其他的孩子可不这么恭敬，只把他们看成普通的勇士，只对他们说声"你好！"之类。孩子们觉得可恼的是，彼得似乎认为这是理所当然的。

私下里，温迪有点儿同情那些孩子，但她是一个非常忠实贤惠的人，对于抱怨彼得的话，一概不听。"彼得是对的。"她总是说。不管她个人的看法怎么样。她个人的看法是，印第安人不该管她叫"老太婆"。

这一天来到了，他们称这一天叫"夜中之夜"，因为这一夜发生的事情及其后果特别重要。白天平静无事，像是在养精蓄锐。此刻，印第安人在上面裹着毯子站岗。孩子们在地下吃晚饭。只有彼得不在，他出去探听钟点去了。在岛上，探听钟点的方法是，找到那条鳄鱼，在一边等着，听它肚里的钟报时。

这顿饭是一顿假想的茶点，他们围坐在桌边，狼吞虎咽地大嚼。温迪说，他们聊天、斗嘴的声音，简直震耳欲聋。当然，温迪并不怎么在乎吵闹。可是，她不能允许他们抢东西吃，还说图图撞了他们的胳膊。吃饭时，他们有一条规定：不许回击，而应该把争端向温迪报告，礼貌地举起右手说："我控告某某人。"可是实际上，他们不是忘记这样做，就是做得太多了。

"不要吵，"温迪喊道，她已经第二十次告诉他们不要同时讲话，"你的葫芦杯空了吗，斯莱特利宝贝？"

"还不太空，妈妈。"斯莱特利望了一眼假想的杯子，然后说。

"他这牛奶都还没喝呢。"尼布斯插嘴说。

他这是告状，斯莱特利抓住了这个机会。

"我控告尼布斯。"他立即喊道。

不过，约翰先举起了手。

"什么事，约翰？"

"彼得不在，我可不可以坐他的椅子？"

"坐父亲的椅子，约翰！"温迪认为，这简直是不成体统，"当然不可以。"

"他并不真是我们的父亲，"约翰回答，"他甚至都

137

不知道怎样做父亲，还是我教给他的。"

他这是抱怨。"我们控告约翰。"两个孪生子喊道。

图图举起了手。他是他们当中最谦逊的一个，说实在的，他是唯一谦逊的孩子，所以温迪对他特别温和。

"我估摸，"图图虚心地说，"我是当不了父亲的。"

"不行，图图。"

图图很少开口，可是他一旦开口，就傻里傻气地说个没完。

"我既然当不了父亲，"他心情沉重地说，"我估摸，迈克尔，你不肯让我来当婴孩儿吧？"

"不，我不让。"迈克尔厉声回答。他已经钻进了摇篮。

"我既然当不了婴孩儿，"图图心情越来越沉重了，"你们觉得我能当一个孪生子吗？"

"不，当然不能，"孪生子回答说，"当个孪生子是很难的。"

"既然我什么重要角色也当不了，"图图说，"你们有谁愿意看我表演一套把戏？"

"不。"大家都回答。

他只得住口了。"我真的一点儿希望也没有了。"
他说。

讨厌的告发又开始了。

"斯莱特利在饭桌上咳嗽。"

"孪生子吃马米果啦。"

"卷毛又吃塔帕卷又吃甜薯。"

"尼布斯满嘴的食物还说话。"

"我控告孪生子。"

"我控告卷毛。"

"我控告尼布斯。"

"天哪,天哪,"温迪喊道,"我有时觉得,孩子们
给人的麻烦,比乐趣还要多。"

温迪吩咐孩子们收拾饭桌,坐下来做针线活儿。
针线筐里满满的一筐长袜子,每只袜子的中间上,照
例有一个洞。

"温迪,"迈克尔抗议说,"我太大了,不能睡摇
篮了。"

"总得有一个人睡摇篮呀,"温迪几乎声色俱厉地
说,"你是最小的一个,摇篮是全家最可爱最有家庭味
儿的东西。"

139

温迪做针线活儿的时候，他们在她身边玩耍。那么多笑盈盈的脸，和欢蹦乱跳的小胳膊小腿，被那浪漫的炉火照得又红又亮。这种景象在地下的家里是常见的，不过，我们是最后一次见到了。

上面有脚步声，第一个听出来的当然是温迪。

"孩子们，我听见你们父亲的脚步声了，他喜欢你们到门口去迎接他。"

地面上，印第安人向彼得鞠躬致意。

"好好看守，勇士们，我说的。"

然后，欢天喜地的孩子们拽着他下了树洞。这样的事以前是常有的，但再也不会有了。

他给孩子们带来坚果，又给温迪带来准确的钟点。

"你知道吗，彼得？你把他们惯坏了。"温迪傻呵呵地笑着说。

"是啊，老太婆。"彼得说，挂起了他的枪。

"是我告诉他的，对母亲要称老太婆。"迈克尔悄悄地对卷毛说。

"我控告迈克尔。"卷毛马上提出。

孪生子中的老大走到彼得跟前说："父亲，我们想跳舞。"

"那就跳吧，小家伙。"彼得说，他兴致很高。

"可是我们要你也跳。"

彼得其实是他们当中跳得最好的一个，但是，他假装吃惊的样子说：

"我嘛！我这把老骨头都要嘎嘎作响了。"

"妈妈也跳。"

"什么，"温迪喊，"一个有一大群孩子的母亲，还跳舞！"

"可这是星期六晚上啊！"斯莱特利讨好地说。

其实那不是星期六晚上，不过也许是，因为他们早就忘记了计算日期。但是，如果他们想做点什么特别的事，就总是说，这是星期六晚上，他们就做了。

"当然这是星期六晚上，彼得。"温迪说，有点回心转意了。

"像我们这号人家……温迪。"

"但现在只是跟自己的孩子一起。"

"当然，当然。"

于是，彼得和温迪告诉孩子们可以跳舞，不过要先穿上睡衣。

"是啊，老太婆。"彼得私下里对温迪说，他向炉前取暖，低头看着温迪坐在那里补一只袜子后跟，"经过一天的劳累，你我坐在炉前，小家伙围在身边，这样度过一个晚上，真是再愉快没有的了。"

"真甜啊，彼得，是不是？"温迪心满意足地说，"彼得，我觉得卷毛的鼻子像你。"

"迈克尔像你。"

温迪走到彼得跟前，两手搭在他肩上。

"亲爱的彼得，"温迪说，"养育了这么一大家子，我的青春已过，你不会把我扔下换一个吧？"

"不会的，温迪。"

彼得当然不想换一个，可是他不安地望着温迪，眨巴着眼睛，你说不清他究竟是醒着，还是睡着了。

"彼得，怎么回事？"

"我在想，"彼得有一点恐慌，"我是他们的父亲，这是假装的，是不是？"

"是啊。"温迪严肃地说。

"你瞧，"彼得有点抱歉似的接着说，"做他们真正的父亲，我就会显得很老。"

"可他们是咱们的，彼得，是你我的。"

"但不是真的，温迪？"彼得焦急地问。

"你要是不愿意，就不是真的。"温迪回答说，她清楚地听到了彼得放心地叹了一口气。"彼得，"她努力镇定地说，"你对我的真实感情究竟怎么样？"

"就像一个孝顺的儿子一样，温迪。"

"我早就料到了。"温迪说，走到屋里最远的一头，独自坐下。

"你真怪，"彼得说，坦白地表示他迷惑不解，"虎莲也正是这样。她想要做我的什么，可她又说不是做我的母亲。"

"哼！当然不是。"温迪语气重重地说。现在我们明白了，她为什么对印第安人没有好感。

"那她想做我的什么？"

"这不是一位小姐该说的话。"

"那好吧，"彼得有点带刺儿地说，"也许叮叮铃会告诉我的。"

"那当然，叮叮铃会告诉你的。"温迪轻蔑地顶了他一句，"她是个轻佻的小东西。"

叮叮铃正在她的小室里偷听，这时尖声嚷出了一句无礼的话。

"她说她以轻佻为荣。"彼得翻译了她的话。

143

彼得忽然想到："也许叮叮铃愿意做我的母亲吧？"

"你这个笨家伙！"叮叮铃怒气冲冲地喊道。

这句话她说了那么多次，温迪都不需要翻译了。

"我几乎和她有同感。"温迪怒气冲冲地说。想想看，温迪居然也会怒冲冲地说话。可见她受够了，而且她也没想到这个晚上会发生什么事。要是她早知道的话，她绝不会发火的。

他们谁也不知道。也许不知道更好。正因为懵懵懂懂一无所知，才能再享受一小时的快乐。由于这是他们在岛上的最后一小时，让我们欢庆他们有足足六十分钟的快乐。他们穿着睡衣又唱又跳，唱着一支叫人愉快得起鸡皮疙瘩的歌。在歌中，他们假装害怕自己的影子。他们一点也不知道，阴影很快就会笼罩他们，使他们真的陷入恐惧。他们的舞跳得那么欢快热闹，床上床下互相打闹。那其实是一场枕头战，而不是跳舞了。打完之后，那些枕头硬要再打一阵，就像一帮知道永不会再见的伙伴一样。在温迪讲安睡的故事以前，他们讲了多少故事啊！就连斯莱特利那晚也想讲一个故事，可是一开头，就讲得那么沉闷乏味，连他自己也讲不下去了。于是他沮丧地说：

"是啊，这个开头很没意思。我说，我们就把它当作结尾吧。"

最后，他们都上了床听温迪的故事，这故事是他们最爱听的，是彼得最不爱听的。平时，温迪一开始讲这个故事，彼得就离开屋子，或者用手捂住耳朵。这一次，要是他也这样做了，他们或许还会留在岛上。可是今晚，彼得仍旧坐在他的小凳子上。

第十一章　温迪的故事

　　"好吧，听着，"温迪说，坐下来讲她的故事，迈克尔坐在她脚下，七个孩子坐在床上，"从前有一位先生……"

　　"我倒宁愿他是位太太。"卷毛说。

　　"我希望他是只白老鼠。"尼布斯说。

　　"安静，"温迪命令他们，"还有一位太太，而且……"

　　"啊，妈妈，"孪生子里的老大说，"你是说还有一位太太，是不是？她没有死，是不是？"

　　"没有。"

　　"她没有死，我高兴极了，"图图说，"你高兴吗，约翰？"

"我当然高兴。"

"你高兴吗，尼布斯？"

"很高兴。"

"你们高兴吗，孪生子？"

"我们也高兴。"

"唉，天哪。"温迪叹了口气。

"别吵！"彼得大声说。他认为应该让温迪把故事讲完才算公道，尽管这故事在他看来很讨厌。

"这位先生姓达林，"温迪接着说，"她呢，就叫达林太太。"

"我认识他们。"约翰说，为了让别的孩子难过。

"我想我也认识他们。"迈克尔有点迟疑地说。

"他们结了婚，你们知道吧，"温迪解释说，"你们知道他们有了什么？"

"白老鼠。"尼布斯灵机一动说。

"不是。"

"真难猜呀。"图图说，尽管这故事他已背得出。

"安静，图图。他们有三个后代。"

"什么叫后代？"

"你就是一个后代，孪生子。"

"你听见了没有，约翰？我就是一个后代。"

"后代就是孩子。"约翰说。

"啊，天哪，天哪！"温迪叹气说，"好吧，这三个孩子有位忠实的保姆，名叫娜娜。可是达林先生生她的气，把她拴在院子里。于是，三个孩子全部飞走了。"

"这故事真好。"尼布斯说。

"他们飞到了永无乡，"温迪说，"遗失的孩子们也住在那儿……"

"我想他们是在那儿，"卷毛兴奋地插嘴说，"不知怎的，反正我觉得他们是在那儿。"

"啊，温迪，"图图喊道，"遗失的孩子里，是不是有一个叫图图的？"

"是的。"

"我在一个故事里啦，哈哈，我在一个故事里啦，尼布斯。"

"住口。现在，我要你们想想，孩子们都飞走了，那对不幸的父母心情怎样呢？"

"唉！"他们全都哀叹起来，虽然他们半点儿也不关心那对不幸的父母是什么心情。

"想想那些空床！"

"真惨哪。"孪生子中的老大开心地说。

"我看这故事不会有什么好结果。"孪生子中的老二说，"你说呢，尼布斯？"

"我很担心。"

"要是你们知道一位母亲的爱有多么伟大，"温迪得意地告诉他们，"你们就不会害怕了。"现在，她讲到了彼得最讨厌的那部分。

"我喜欢母亲的爱。"图图说，砸了尼布斯一枕头，"你喜欢母亲的爱吗，尼布斯？"

"我可喜欢呢。"尼布斯说，把枕头砸了回去。

"你瞧，"温迪愉快地说，"我们故事里的女主人公知道，他们的母亲老是让窗子开着，好让她的孩子飞回来。所以，他们就在外面一待许多年，玩个痛快。"

"他们回过家没有？"

"现在，"温迪说，鼓起勇气进行最后一次努力，"让我们来瞄一眼，看看将来的事吧。"于是大家都扭动了一下，这样可以更容易看到将来，"过了许多年，一位不知道年龄的漂亮小姐在伦敦车站下了火车，她是谁呢？"

“啊，温迪，她是谁？”尼布斯喊道，浑身上下都兴奋起来，就像他真的不知道似的。

“会不会是——是——不是——正是——美丽的温迪！”

“啊！”

“陪着她一道的那两个仪表堂堂的男子汉又是谁？会不会是约翰和迈克尔？正是！”

“啊！”

“‘你们瞧，亲爱的弟弟，’温迪说着，指向上面，‘那扇窗子还开着呢。由于我们对母亲的爱无条件相信，我们终于得到了回报。’于是，他们就飞起来了，飞到了妈妈和爸爸的身边。重逢的快乐场面，不是笔墨所能描写出来的，我们就不去细说了。”

这个故事就是这样的，听的人和讲的人一样高兴。这故事讲得真是合情合理，是吧？我们有时会像那些没心肝的东西——孩子们那样，说走就走。不过，这些孩子也怪逗人喜爱的。走了之后，我们会自私自利地玩个痛快。当我们需要有人特别关照时，我们又会回来，并且很有把握地知道，不但不会受惩罚，还会得到奖赏。

他们对母亲的爱这样深信不疑，以至于他们觉得，可以在外面多流连些时候。

可是，这儿有一个人比他们懂得更多，温迪讲完后，他发出了一声沉重的呻吟。

"怎么回事，彼得？"温迪跑到彼得身边，以为他病了，她关切地抚摸着他的胸口，"你哪儿疼，彼得？"

"不是那种疼。"彼得阴沉地回答。

"是什么样的疼？"

"温迪，你对母亲们的看法不对。"

孩子们全都焦急不安地围拢过来，大伙儿因为彼得的激动而惊慌。于是，彼得一五一十地向他们说出了他一直深藏在心底的话。

"很久以前，"彼得说，"我也和你们一样，相信我的母亲会永远开着窗子等我。所以，我在外面待了一个月又一个月才飞回去。可是，窗子已经上了锁，因为母亲已经把我全忘了，另有一个小男孩睡在了我的床上。"

我不敢说这是真的，彼得认为这是真的，这可把他们吓坏了。

"你能肯定所有母亲都是这样吗？"

"是的。"

原来，这才是真相，真令人讨厌。

不过，还是小心些好，什么时候应该放弃自己的信念，只有小孩最清楚。

"温迪，我们回家吧。"约翰和迈克尔一齐喊。

"好吧。"温迪说，搂起他们来。

"该不会是今晚吧？"遗失的孩子们迷惑地问。在他们心里，他们知道没有母亲也可以过得蛮好，只有母亲们才认为，没有她们，孩子们就没法过。

"马上就走。"温迪果断地说，因为她忽然想到一个可怕的念头，"说不定母亲这时已经在哀悼他们了。"

这种恐惧使温迪忘记了彼得的心情，她猛地对彼得说："彼得，请你做必要的准备，好吗？"

"遵命。"彼得冷冷地回答，那神态就像温迪请他递个干果似的。

两人之间连一句惜别的话也没说。要是温迪不在乎分别，那么，他也要让她瞧瞧，他彼得也不在乎。

不过，彼得当然非常在乎。他对那些大人一肚子的怨气，那些大人老是把一切都搞糟。他向印第安人做了必要的交代后，回到地下的家。在他离开的当儿，家里竟发生了不像话的事情。那些遗失的孩子害怕温迪离开他们，竟威胁起她来。

"事情会比她来以前更糟。"他们嚷道。

"我们不让她走。"

"我们把她拘禁起来吧。"

"对了，把她锁起来。"

在困境中，温迪灵机一动，想到应该向谁求助。

"图图，"她喊道，"我向你申诉。"

怪不怪？她竟向图图申诉，图图是最笨的一个。

然而，图图的反应却很郑重。那一刻，他甩掉了他的愚笨，有尊严地开口了。

"我不过是图图，"他说，"谁也不拿我当回事。只是如果有人对温迪不敬，那我就要狠狠地叫他流血。"

说着，他拔出了刀，这一刻，他表现出不可一世的高昂气势。别的孩子不安地退了下去。这时，彼得回来了，孩子们立刻就看出来，从彼得那儿是得不到支持的。彼得不肯违背一个女孩的意愿，强留她在永无乡。

"温迪，"彼得说，在房里踱来踱去，"我已经吩咐印第安人护送你们走出树林，因为飞行会使你们感到太疲劳。"

"谢谢你，彼得。"

"然后，"彼得继续说，声音短促而尖锐，让人习惯性地服从，"叮叮铃要带着你们过海。尼布斯，叫醒她。"

尼布斯敲了两次门，才听到回答，尽管叮叮铃其实已经坐在床上，偷听了多时。

"你是什么人？你怎么敢？滚开。"她嚷道。

"你该起床啦，叮叮铃。"尼布斯喊道，"带温迪出远门。"

当然，叮叮铃听说温迪要走了非常高兴。可是她下定决心，决不做温迪的向导，于是她用更不客气的话表达了这个意思，随后，她假装又睡着了。

"她说她不起来。"尼布斯大声叫道，对叮叮铃的公然抗命感到诧异。于是彼得严肃地走向叮叮铃的寝室。

"叮叮铃，"他大喊一声，"要是你不马上起床穿衣，我就要拉开门帘，那我们就全都看见你穿睡袍的样子了。"

这使叮叮铃一下子跳到了地上。"谁说我不起来？"她喊道。

同时，那些孩子都愁惨惨地呆望着温迪。温迪、约翰和迈克尔已经收拾妥当，准备上路。这时，孩子们心情沮丧，不单是因为他们就要失去温迪，而是因为，他们觉得有什么好事在等着温迪，可没有他们的份儿。新奇的事照例是他们所喜欢的。

温迪相信他们此时怀有一种高尚的感情，她不由得心软了。

"亲爱的孩子们，"她说，"要是你们都和我一道去，我几乎可以肯定，我父亲和母亲会把你们都收养下来的。"

这个邀请，原是特别对彼得说的，可是，每个孩子都只想到他自己，他们立刻快活得跳了起来。

"可是他们会不会嫌我们人太多？"尼布斯一边跳着一边问。

"啊，不会的，"温迪说，她很快地合计出来，"只要在客厅里加几张床就行了。头几个星期四①，可以把床藏在屏风后面。"

---

① 星期四大概是达林家接待客人的日子。

"彼得，我们可以去吗？"孩子们一齐恳求。他们以为不成问题，他们都去了，他也一定会去，不过，他去不去，他们其实并不怎么在乎。孩子们总是这样，只要有新奇的事临头，他们就宁愿扔下最亲爱的人。

"好吧。"彼得苦笑着说，孩子们立刻跑去收拾自己的东西。

"现在，彼得，"温迪说，心想她把一切都弄妥了，"在走之前，我要给你们吃药。"她喜欢给他们药吃，而且总是给得很多。当然啦，那只不过是清水。不过，水是从一个葫芦瓶里倒出来的。温迪总是摇晃着葫芦瓶，数着滴数，这就使水有了药性。但是，这一回她没有给彼得吃，因为她刚要给他吃的时候，忽然看到彼得脸上的神情，不由得心头一沉。

"去收拾你的东西，彼得。"温迪颤抖着喊道。

"不，"彼得回答，装作若无其事的样子，"我不跟你们去，温迪。"

为了表示对温迪的离去无动于衷，彼得在房里溜溜达达，美滋滋地吹着他那支没心没肺的笛子。温迪只得追着他跑，虽然那样子不大体面。

"去找你的母亲吧。"温迪怂恿他说。

要是彼得真有一位母亲，他现在已不再惦记她了。没有母亲，他也能过得挺好，他早把她们看透了。他想得起的只是她们的坏处。

"不！不！"彼得斩钉截铁地告诉温迪，"也许母亲会说，我已经长大了，我只愿意永远做个小男孩，永远地玩。"

"可是，彼得……"

"不。"

这消息必须告诉其他的人。

"彼得不打算来。"

彼得不来！孩子们呆呆地望着他，他们每人肩上扛着一根木棍，木棍的一头挂着一个包袱。他们的第一个念头是，要是彼得不去，他或许会改变主意，也不让他们去。

但是彼得太高傲了，不屑于这样做。"要是你们找到了母亲，"他阴沉地说，"但愿你们会喜欢她们。"

这句带有很重的讥讽意味的话，使孩子们感到很不自在，多数人都露出疑惑的神色。

"好啦，"彼得喊道，"别心烦，别哭鼻子，再见吧，温迪。"他痛痛快快地伸出手，就像他们真的就要走了似的，因为他还有重要的事要做。

温迪只得握了握他的手，因为彼得没有表示他想要一只"顶针"。

"别忘了换你的法兰绒衣裳，彼得！"温迪说，恋恋不舍地望着他，她对他们的法兰绒衣裳总是非常在意的。

好像该说的都说了，跟着是一阵别扭的沉默。但是彼得不是那种会在人面前痛哭流涕的人。"叮叮铃，你准备好了吗？"他大声喊道。

"好了，好了。"

"那就带路吧。"

叮叮铃飞上了最近一棵树，可是没有人跟随她，因为正在这时候，海盗们对印第安人发起了一场可怕的进攻。地面上本来悄无声息，现在，空气中震荡着一片呐喊声和兵器撞击声。地下是死一般的寂静。一张张嘴张大了，并且一直张着。温迪跪了下来，她的两臂伸向彼得。所有的手臂都伸向他，像是突然被一阵风刮了过去。他们向他发出大声的请求，求他不要抛下他们。彼得呢，他一把抓起了他的剑，他的眼睛里闪耀着渴望作战的光。

第十二章　孩子们被抓走了

海盗的袭击纯粹是一次出其不意的奇袭，这就足以证明胡克指挥不当。

首先发起攻击的是印第安人，他们总是在拂晓前出击，因为他们知道，这是海盗们战斗力最薄弱的时候。同时，海盗们也在那片起伏不平的山地最高点筑起了一道简陋的栅栏。山脚下，奔流着一条小河，因为离水太远就不能生存，他们就在这儿等待着袭击。没有经验的人，紧握手枪，踏着枯枝来回走动。老手们却安安逸逸地睡觉，直睡到天亮。在黑魆魆的漫漫长夜里，印第安人的侦察兵在草丛里像蛇一样地匍匐潜行，连一根草叶都不拨动。灌木丛在他身后合拢，就像鼹鼠钻进沙土一样悄无声息。一点声响也听不到，除了他们偶尔惟妙惟肖地学着草原狼，发出一声凄凉的嗥叫。这声嗥叫又得到其他人的呼应，有的人叫得比那不擅长嗥叫的草原狼更好。寒夜就这样渐渐地挨过，长时间的担惊受怕对于那些初次体验的海盗来说，真是特别难熬。可是，在那些有经验的老手看来，那些阴森可怖的嗥叫声，以及更加阴森可怖的寂静无声，只不过说明黑夜是如何行进的罢了。

胡克对于这些做法原是一清二楚的，所以他如果忽略了，也不能用无知作为开脱的借口。

印第安人呢，他们完全相信胡克信守自己的准则，他们在这夜的行动，正和胡克的行动相反。他们做了与部落名声一致的那些事。他们感觉灵敏，是其他人既惊羡又害怕的。只要有一个海盗踩响了一根干树枝，他们立刻就能知道海盗们已经来到了岛上。眨眼间，他们就会发出草原狼般的嗥叫声。从胡克的队伍登陆的海岸，直到大树下的地下之家，每一寸地面都被他们穿着脚跟朝前的鹿皮鞋暗地里勘察过。他们发现只有一座土丘，山脚下有一条小河，所以胡克别无选择，只能在这里暂驻，等候天明。印第安人极诡谲地把一切布置妥当后，他们的主力部队就裹起毯子，以印第安男子汉最珍贵的镇定姿态，守候在孩子们的家屋上面，等待着那个严峻时刻的到来，准备去战斗。

他们虽然醒着，却正做着美梦，梦想黎明时严刑拷打胡克。不料，他们反倒被奸诈的胡克发现。据一位从这次混战中逃出来的印第安侦察兵说，胡克在那座土丘前根本没停留，尽管在灰蒙蒙的夜色里，他肯定看到了那座土丘。他心里始终没有打算等着印第安人来攻击，他连等待黑夜过去都等不及了，他的策略不是别的，是立刻就动手。迷惘的印第安侦察兵原是精通多种战术的，却冷不防地遇到了胡克的这一手，他只得无可奈何地跟在胡克后面。当他们发出一声草原狼般的哀号时，终于暴露了自己。

勇敢的虎莲身边聚集了十二名最健壮强悍的武士，他们突然发现诡计多端的海盗正向他们袭来。梦想胜利的纱幕，立刻从他们眼前扯开。要想用酷刑收拾胡克是办不到了，现在是他们痛痛快快行猎的时候了。这一点他们心里很明白。但是，他们的表现，恰如印第安人的子孙那样。假如他们很快聚拢，列成密集阵型，那会是很难攻破的。但是印第安人的传统禁止他们这样做。他们有一条成文的守则：凡是高贵的印第安人，在入侵者面前不可表现得惊慌失措。海盗的突然出现，尽管使他们惊骇，他们却依旧巍然屹立，每一条肌肉都纹丝不动，就好像敌人是应邀来的客人。这样英勇地遵守了惯例后，他们才握起武器，发出震天的喊杀声，可是已经太晚了。

这哪里是什么战斗，简直是一场大屠杀，我们不去细说了。印第安部落的许多优秀战士就这样被消灭了。不过他们也不是没有报复地白白死去，因为，随着海盗瘦狼的倒下，阿尔夫·梅森也送了命，再也不能侵扰西班牙海岸了。还有乔治·斯库利、查理·托利和阿尔塞人福格蒂等人也一命呜呼了。托利死在可怕的小豹子的斧头下，小豹子和虎莲以及少数残余部队，终于杀出一条血路，逃了出去。

在这次战斗中，胡克的战略有多少值得商榷的地方，还是等历史学家去裁决吧。假若他待在土丘上，等待正当的时刻再交手，他和他的部下说不定全都不在了。要评定他的功过得失，必须把这一点考虑进去才公道。他也许应该做的是，预先通知对方他要采取新的策略。不过如果那样，他就不能做到出其不意、攻其不备，从而使他的战略计划落空。因此，这个问题是很难下结论的。不过，以他的智慧能构想出这样一个大胆的计划，以他的狠毒能实现这个计划，我们尽管不情愿，也不得不佩服。

在那个胜利的时刻，胡克自己的想法如何呢？他的手下不得而知。他们气喘吁吁地擦着刀，远远地躲开他的那只铁钩；他们的贼眼偷偷斜睨着这个奇特的怪人。胡克的心里一定扬扬自得，不过不必露在脸上。无论在精神上还是在物质上，他总是远离他的部下，永远是个阴暗孤独的谜一样的人。

不过，这一夜的工作还没有做完。胡克出来并不是冲着印第安人，印第安人只不过是用烟熏走的蜜蜂，他要取的是蜜。他的目标是彼得·潘，还有温迪他们那一伙儿，但主要是彼得·潘。

彼得是那么小的一个小男孩，这就叫人捉摸不透，为什么胡克那么恨他。不错，他曾把胡克的一条胳膊扔给了鳄鱼，更因为鳄鱼的穷追不舍，让胡克总觉得自己命悬一线。不过，这也很难说明，胡克的报复行动为什么这样残酷无情，凶狠毒辣。事实上，彼得身上有某种气质，引得这位海盗船长暴怒如狂。不是彼得的勇敢，不是他那逗人喜爱的模样，不是……我们用不着乱猜了，因为我们都很清楚那是什么，不得不把它说出来——那是彼得那股趾高气扬的傲气。

正是这点，刺激着胡克的神经，恨得他铁钩直打战。夜里，它像一只虫子，扰得他不能安睡。只要彼得活着，备受折磨的胡克就觉得他像一头被关在笼子里的狮子，看见笼子里飞进来一只麻雀。

现在的问题是，怎样钻进树洞，或者说，怎样把他的喽啰们塞进树洞。他抬起他那双贪馋的眼睛扫视着他们，想找一个最瘦小的人。那些喽啰局促不安地扭动着身子，因为他们知道，胡克是不惜用棍子把他们捅下去的。

同时，孩子们又怎样了呢？在兵刀声乍起时，我们看到他们一动不动像石雕一样，张着嘴，伸出手臂向彼得恳求。现在回头来看，只见他们闭上了嘴，垂下了手臂。头顶上的喧嚣声戛然停止了，像初起时一样来得突然，像一阵狂风吹过似的。但他们知道，狂风过处，已经决定了他们的命运。

哪一方得胜了呢？

海盗们趴在树洞口屏息潜听，听到每个孩子提出的问题，不幸的是，也听到了彼得的回答。

"要是印第安人得胜，"彼得说，"他们一定会敲起战鼓，那是他们胜利的信号。"

那只战鼓斯密已经找到了，这会儿他正坐在鼓上。"你们再也甭想听到鼓声了。"斯密低声嘲笑着说，声音低得谁也听不见，因为胡克严令不许出声。使他惊讶万分的是，胡克冲他打了个手势，叫他击鼓，斯密慢慢地才领悟到，这个命令是多么阴险毒辣。这个头脑简单的人，或许从来没有这样敬佩过胡克。

斯密敲了两遍鼓，心花怒放地静听反应。

"咚咚的鼓声，"海盗们听见彼得喊道，"印第安人胜利了！"

不幸的孩子们报以一声欢呼，在上面的黑心狼听来，这简直是美妙的音乐。接着，马上就是孩子们一连声地向彼得告别，海盗们听了莫名其妙。不过，他们所有的情绪都被卑鄙的欢喜盖过了，因为敌人就要从树洞里爬上来了。他们相对奸笑着，摩拳擦掌。胡克迅速、悄悄地下令：一人守一个树洞，其余的人排成一行，隔大约两米站一个人。

第十三章　你相信有仙子吗

　　这段恐怖的故事越快结束越好。头一个钻出树洞的是卷毛，他一出来，立刻就落到了切科的手里，切科把他扔给了斯密，斯密把他扔给了斯塔奇，斯塔奇把他扔给了比尔·鸠克斯，比尔·鸠克斯又把他扔给了努得勒。就这样，他被他们一扔一扔，最后被扔到那个黑海盗的脚下。所有的孩子都被这样残酷地从树洞里拽了出来。有几个孩子还被抛到半空中，像传递一包包的货物一样。

　　最后一个出来的是温迪，她受到的待遇略有不同。胡克假惺惺地装作彬彬有礼的样子，对她举了举帽子，用胳膊挽着她，把她搀扶到孩子们被囚禁的地方。胡克看起来风度翩翩，温迪像着了迷似的，竟没有哭出来。毕竟，她只是个小女孩呀。

要说温迪这一刻真的被胡克迷惑了，似乎是贬低了她，但我们提到这一点，是因为温迪的失误引起了意想不到的后果。要是她拒绝挽着胡克的手臂，我们当然愿意这样来写她，她就会像别的孩子一样被抛到空中。那样，胡克就不会看到孩子们被捆绑的情况。假如胡克当时不在场，也就不会发现斯莱特利的秘密。假如没有发现这个秘密，他就不会企图用卑鄙的手段去谋害彼得的性命。

为了防止孩子们逃跑，海盗们把他们捆了起来，膝盖贴近耳朵捆成一团。为了捆绑他们，黑海盗把一根绳子割成相等的九段，孩子们顺顺当当地都被捆好了。最后轮到捆斯莱特利，这时，海盗们发现他像一个恼人的包裹，一道一道用光了所有的绳子，剩下的绳子头不够打结了。他们恼怒之下就踢他，就像你踢一个包裹一样（说句公道话，你应该踢绳子才对）。说也奇怪，胡克竟然叫他们停止暴行，他把嘴唇噘了起来，露出恶毒的得意神气。他的部下在捆绑这个不幸的孩子时，每次要捆紧这一部分，另一部分又不够了，累得他们汗如雨下。胡克精明的头脑看透了斯莱特利的把戏，他观察的不是结果，而是原因。他那副扬扬得意的样子说明，他已经找到原因了。斯莱特利脸色发白，他也知道胡克发现了他的秘密，这样一个胀大了的孩子能钻得进的树洞，一个普通大人不用棍子捅，也一定能钻进去。可怜的斯莱特利，现在他是所有孩子中最不幸的一个，因为他为彼得担惊受怕，深深地懊悔自己做的事。原来，有一次他热极了，拼命喝水，把肚子胀得像现在这样大，他没有使自己缩小适应他的树洞，而是背着人削大了树洞来适应他自己的身材。

这就够了。胡克相信，彼得现在终于落入他的手心。不过，他那阴暗的脑海里形成的这个计谋，一个字也没有从他嘴里吐露出来。他只做了个手势，命令把俘虏押上船去，他要独自留下。

怎样押送呢？孩子们被绳子捆成一团，原是可以像木桶一样滚下山坡的，但是途中要经过一些沼泽地。又是胡克的天才脑袋想出了办法，克服了困难。他指示，可以把那间小屋子作为运输工具。孩子们被扔进小屋子里，四个强壮的海盗把小屋子扛在肩上，其余的海盗跟在后面，唱起那支可恶的海盗歌。这支奇怪的队伍出发了，穿过了树林。我不知道孩子们是否有人在哭，要是有，那哭声也给歌声淹没了。可是，当小屋在树林里渐渐隐去时，从它的烟囱里升起一缕细细的但又是勇敢的青烟，仿佛在向胡克挑战。

胡克看见了，这对彼得很不利。因为，若是这海盗还有一丝恻隐之心，这时也消失得一干二净了。

现在只剩下胡克独自一人了，黑夜很快降临，他所做的第一件事，就是蹑手蹑脚地走到斯莱特利的那棵树跟前，想弄清楚他是不是能从那里钻进去。他思索了好半晌，把他那顶不吉利的帽子放在草地上，好让吹来的一股清风轻拂他的头发。他的心虽黑，他的蓝眼睛却像长春花一样柔和。他屏息静听地下的动静，可是下面也和上面一样寂静无声。地下的屋子像是一座空无一人的荒宅。那孩子是睡着了，还是站在斯莱特利的树根下，手里拿着刀在等他？

这是没法知道的，除非下去。胡克把外套轻轻地脱下放在地上，紧紧地咬着嘴唇，直咬得流出了污血，他踏进了树洞。他是个勇敢的人。可是，一时竟不得不停下来擦额上的汗，他的汗像蜡烛油一样直淌。然后，他悄悄地下到这个从来不知道的地方。

胡克平安地来到了树洞底下，又一动不动地站在那儿，几乎喘不过气来。等他的眼睛逐渐习惯了黑暗，树下屋里的东西，才一件件看清楚。可是，胡克贪婪的眼光只注视着一件东西，那是他找了很久才终于找到的，就是那张大床——床上躺着熟睡的彼得。

彼得一点也不知道上面发生的惨事，孩子们离开后，他继续欢快地吹了一阵笛子。当然，他只是在凄惶中故意这样做，为的是证明他一点儿也不在乎。然后，他决定不吃药，为的是让温迪伤心。再然后，他躺在床上不盖被子，好叫温迪更加烦恼，因为温迪总是把被子给他们盖得严严实实的，怕的是半夜里会着凉。后来，彼得几乎要哭出来，但他又忽然想到，要是他笑，温迪没准儿会多么生气，他狂傲地大笑，没笑完就睡着了。

彼得有时做梦，虽然不常做。可是他的梦比别的孩子更叫人难受。他在梦里常会痛哭，一连几个小时都摆脱不了梦的纠缠。他的梦，我猜想大概是和他那不明底细的来历有关。碰到这种时候，温迪总是把他从床上扶起来，让他坐在自己膝上，用她自己发明的种种亲昵的方法抚慰他，等他稍稍平静下来，不等他醒，又把他放回床上，为的是不让他知道有损他尊严的那些做法。可是这一回，彼得睡得一点梦都没有，一只胳膊耷拉在床沿下，一条腿拱了起来，没笑完的笑意还挂在嘴角上，嘴张着，露出珍珠般的两排小牙。

彼得就是这样毫无防御地被胡克发现了。胡克不声不响地站在树脚下，隔着房间望着他的敌人。胡克那阴暗的心里，难道没有激起一丝同情吗？这个人并不是坏到家了：他爱花(我听说)，爱美妙的音乐(他竖琴弹得不赖)。我们得坦白地承认，眼前这幅动人的景象深深地感动了他。要是他的善良一面占了上风，他也许会勉勉强强地走回树上，可是有个东西把他留了下来。

留下胡克的是彼得那倨傲不恭的睡态，嘴张着，胳膊耷拉着，膝盖拱着。这种种姿态凑在一起，简直就是一个十足的盛气凌人的化身，在胡克那敏感的眼睛里看来，再也不会有比这更气人的了。这使得胡克又硬起了心肠。

虽然一盏灯的昏光照在床上，胡克却站在黑暗中。刚偷偷地向前迈了一步，他就遇到了一个障碍，斯莱特利的树洞门。门和洞口并不完全吻合，所以胡克是从门上面朝里看的。他伸手去摸门闩，发现门闩很低，他够不着。在他那纷乱的脑袋里，彼得的姿态和面孔似乎越发显得可恶了。他使劲摇晃着门，用身子去撞。他的敌人究竟能不能逃出他的毒手呢？

那是什么？胡克发红的眼睛瞅见了彼得的药杯摆在他伸手就能拿到的架子上。他一下子明白了那是什么，知道这个睡觉的孩子已经落入了他的手心。

胡克生怕自己被人活捉了去，总是随身带着一瓶可怕的毒药，那是他用各种致命的毒草炮制而成的。他把这些毒草熬成一种黄色的液体，什么科学家都没有见识过，那大概是世界上最毒的一种毒药了。

胡克在彼得的药杯里滴了五滴这种毒药。他的手不住地颤抖，那是因为狂喜，而不是因为羞愧。胡克滴药水时，眼睛不去看彼得，不是因为怕起了怜悯之心而不忍下手，而是怕洒了药。然后，他久久地、幸灾乐祸地凝望着他的受害者，转身艰难地蠕动着爬上树去。胡克从树顶上钻出来时，那样子真像恶魔出了魔窟。他流里流气地歪戴着帽子，裹上大衣，用一个衣角遮住前身，像是把自己隐藏起来，不让黑夜看见。其实，他才是黑夜里最黑暗的一件东西。他喃喃自语，说着奇怪的话，穿过树林走了。

彼得还在睡，灯火跳了一下，熄灭了，屋里一片黑暗，他接着睡下去。鳄鱼肚里的钟一定不止十点钟了。这时候，他也不知道被什么惊醒了，突然从床上坐起来。原来是他的那棵树上，传来轻轻的、有礼貌的叩门声。

虽然声音很轻，很有礼貌，可是在寂静的深夜里，也是够瘆人的。彼得伸手去摸刀，他握住了刀，然后问道：

"谁？"

半晌没有回答，然后又是敲门声。

"你是谁？"

没有回答。

彼得不由得毛骨悚然起来，可这正是他最喜欢的。他两步走到门前。这门不像斯莱特利的门，而是和树洞严丝合缝，所以，他不能从门缝看到外面，敲门的人也不能看到他。

"你不开口，我就不开门。"

彼得喊道。来人终于开口了，发出小铃铛似的可爱声音。

"让我进来，彼得。"

那是叮叮铃，彼得马上打开门闩让她进来。她飞了进来，神情兴奋，脸红红的，衣裳上沾满了泥。

"怎么回事？"

"啊，你怎么也猜不到的。"她喊着，让彼得猜三次。

"快说！"彼得大声喊。于是，叮叮铃用一句不合语法的长句子，长得像魔术师从嘴里抽出来的带子一样，说出了温迪和孩子们被俘的经过。

彼得一面听，一面心突突地跳。温迪被绑了，被抓到了海盗船上。她爱世上的一切，却落得如此下场！

"我要救她。"彼得跳了起来，去拿武器。他跳起来的时候，想起了一件可以让温迪高兴的事，他可以吃药。

他的手端起那只致命的药杯。

"别喝！"叮叮铃尖叫起来，她听到胡克匆匆穿过树林时，口里嘟囔着他做过的事。

"为什么？"

"药里有毒。"

"有毒？谁能来下毒？"

"胡克。"

"别说傻话了。胡克怎么能到这里来？"

咳！这一点叮叮铃也没法解释，因为就连她也不知道斯莱特利的树的秘密。不过，胡克的话是无可怀疑的，药杯里的确下了毒。

"况且，"彼得自信心十足地说，"我压根儿就没睡着。"

彼得举起杯子。说话已经来不及阻止了，只有立即行动。叮叮铃像闪电一般，迅速地蹿到彼得的嘴唇和杯子间，一口喝干了杯中的药。

"怎么，叮叮铃？你怎么敢喝我的药？"

叮叮铃没有回答。她已经摇摇晃晃地在空中旋转了。

"你怎么了？"彼得喊，他有点害怕。

"药里有毒，彼得，"叮叮铃轻声对他说，"现在我要死了。"

"啊，叮叮铃，你喝毒药是为了救我吗？"

"是的。"

"可是为什么呀，叮叮铃？"

叮叮铃的翅膀已经托不起她了，为了回答，她落到了彼得的肩上，在他的下巴上亲热地咬了一口。她在他耳边悄悄地说："你这个笨蛋。"然后她摇摇晃晃地回到她的寝室，躺倒在床上。

彼得哀伤地跪在她身边，他的头几乎塞满整间小室。叮叮铃的亮光越来越暗了。彼得知道，要是这亮光熄灭了，叮叮铃就不复存在了。叮叮铃喜欢彼得的眼泪，她伸出美丽的手指，让眼泪在她手指上滚过。

叮叮铃的声音很微弱。起初，彼得几乎听不清她说些什么。后来，他听懂了。她在说，要是小孩儿们相信有仙子，她还会好起来。

彼得伸出双臂。可是眼前没有孩子，而且现在是深夜。不过，他可以对所有梦到永无乡的孩子说话，穿着睡衣的男孩和女孩，还有光着身子、睡在悬挂在树上的篮子里的印第安小娃娃，他们离他其实都很近，不像你所想的那么远。

"你们信不信有仙子？"他大声喊。

叮叮铃在床上坐了起来，几乎屏住气，静候她的命运。

她觉得她仿佛听到了肯定的回答，可又说不准。

"你是怎么想的？"叮叮铃问彼得。

"要是你们相信，"彼得冲着孩子们大喊，"就拍手，别让叮叮铃死去。"

很多孩子拍了手。

有些孩子没拍手。

有少数几个淘气的小孩儿发出了嘘声。

拍手声突然停止了，好像有数不清的母亲奔进了育儿室，看看到底发生了什么事。不过叮叮铃已经得救了，先是她的声音变得洪亮。随后，她一阵风似的跳下床。跟着，她就满屋子乱飞，比以往任何时候都来得欢快和傲慢。她绝对没有想要感谢那些拍手的孩子，只一心想着去对付那些发出嘘声的孩子。

"现在该去救温迪了。"

彼得钻出树洞时，月亮正在云天里行走。他全副武装，出发去寻找温迪和孩子们的下落。如果任他挑选，他不会挑上这样一个夜晚。他本想低低地飞，离地面越近越好，好让所有异乎寻常的事都逃不过他的眼睛。但是，在时隐时现的月光下低飞，就会把他的影子投在树上，惊动鸟，使警觉的敌人发现他已经出动了。

彼得现在后悔了，他不该给岛上的鸟起些奇怪的名字，使它们变得野蛮，很难接近。

现在没有别的办法，只能学着印第安人的样子，贴着地面爬，幸好他习惯了这样爬。可是朝什么方向爬呢？因为他还不能断定，孩子们是不是被带到了船上。一场小雪掩盖了所有的脚印。岛上笼罩着死一般的寂静，仿佛大自然一时被刚才发生的大屠杀吓坏了。彼得自己曾经从虎莲和叮叮铃那儿学会了一些山林知识，这些，他都传授给了孩子们。他相信，碰到危急关头，他们是不会忘记的。例如，斯莱特利要是逮到机会，会在树上刻上标记；卷毛会在地上撒下树种；温迪会在紧要的地方扔下她的手帕。可是要找到这些目标，需要等到天明，彼得却等不得了。上面的世界在召唤他，却不给他一点帮助。

鳄鱼从彼得身边爬了过去，可是，再也没有别的活物，没有一点儿声音，没有一丝动静。彼得很清楚，死亡也许就等在前面一棵树下，或者从身后扑来。

彼得发出这样一句可怕的誓言："我要和胡克拼个你死我活。"

现在，彼得像蛇一样向前爬着。忽而他直立起来，飞快地跑过一片月光照亮的空地，一个手指头按着嘴唇，一手握刀做好准备。他高兴得不得了。

第十四章　海盗船

　　绿幽幽的一盏桅灯，斜睨着海盗河口附近的基德山涧，表明那艘双桅帆船——"快乐的罗杰"号就停泊在那儿。这艘外貌看起来穷凶极恶的船，从上到下没有一处不是污秽透顶，每一根龙骨都透着肃杀之气，像尸横遍野的地面一样可憎。它是海上的吃人怪物，早已恶名远扬，不需要那盏警觉的眼睛般的桅灯，也能在海上横行霸道。

　　这艘船被夜幕笼罩着，船上没有一点儿声音能传到岸上。除了斯密使用的那架缝纫机嗒嗒地转动，船上就没有多少声响了，更谈不到什么动听的声音。这位平凡、可怜的斯密，永远勤勤恳恳，乐于为人效劳。我不知道他为什么这样可怜，也许正是因为他不觉得

179

自己可怜，所以就连最硬心肠的人，也不忍多看他一眼。在夏天的夜晚，他竟不止一次触动胡克，使他潸然泪下。对这件事，和对所有别的事一样，斯密都浑然不觉。

有几个水手靠在船舷边深深地吸着夜雾，其余的水手匍匐在木桶旁掷骰子，玩纸牌。那四个抬小屋子的精疲力竭的海盗，趴在甲板上。就算在睡梦中，他们也能灵活地滚过来滚过去，躲开胡克，免得他在经过他们身边时，漫不经心地挠他们一下。

胡克在甲板上踱来踱去，沉思着。这个深奥莫测的人哪，这是他大获全胜的时刻。彼得已经被除掉了，再也不能挡他的道儿，别的孩子全都被捉到了船上，等着走跳板。自从制伏了巴比克，这要算胡克最辉煌的一次战绩了。我们知道，人往往很虚荣，如果他现在在甲板上大摇大摆地踱着方步，因为胜利而趾高气扬，那也不足为怪。

但是，他的步子里丝毫看不出得意来，他的脚步和他阴暗的心情正好合拍。胡克的心情极为抑郁。

每当夜深人静，胡克在船上自思自忖时，他总是这样。这是因为，他感到极端孤独。这个叫人看不透的人，他的下属越是围绕在他身旁，他越感到孤独。他们的社会地位，比他低得太多。

胡克不是他的真名。要是把他的真实身份揭露出来，哪怕在今天，也会轰动全国。但是，读书细心的人一定早已猜到，胡克曾经上过一所著名的中学，学校的风气至今还像衣服一样紧贴着他。不过说实在的，风气也多半是和衣着有关。所以，直到如今，如果他还穿着俘获这艘船时所穿的衣裳上船，他会感到厌恶。他走起路来，还保持着学校里那种气度不凡的懒洋洋的神态。最重要的是，他保持着良好的风度。

良好的风度，不管他怎么堕落，也知道它至关重要。

远远地从他内心深处，他听到了一种轧轧声，仿佛打开了一扇生锈的门，门外传来森严的嗒嗒声，就像一个人夜里睡不着觉时听到的锤打声。"你今天保持良好的风度了吗？"那声音永远在问他。

"名声，名声，那个闪闪发光的玩意儿，是属于我的。"他喊道。

"在一切事情上都要出人头地，这能说是良好的风度吗？"来自学校的那个嗒嗒声这样反问。

"巴比克就怕我一个人，"胡克辩白说，"弗林特呢，他还怕巴比克。"

"巴比克、弗林特，他们是什么家庭出身？"那声音尖厉地反驳道。

最令人不安的反省是一心想要保持良好的风度，这不就是没风度吗？

这个问题搅得胡克五内俱焚，像他内心的一只爪，比他的铁爪还要锋利。那只爪撕裂着他的心。汗从他的油脸上淌了下来，在他的衣服上，画出道道汗渍。他不时用袖子擦脸，可还是止不住流汗。

咳，不要羡慕胡克。

胡克预感自己会早早离开人世，好像彼得的那句可怕的诅咒已经登上了船。他忧郁地感到，他得说几句话，要不，过一会儿就来不及说了。

"胡克啊，"他喊道，"要是他野心小一点就好了。"只有在他心情最阴郁的时候，他才用第三人称称呼自己。

"没有一个小孩爱我。"

说也奇怪，他居然想到了这一点，这是他以前从来没有想到过的；也许是那架缝纫机使他想到的。他喃喃自语了很久，呆呆地望着斯密，斯密正在静静地缝衣边，自以为所有的孩子都怕他。

怕他？怕斯密！那一夜，船上的孩子没有一个不爱上了他。斯密给他们讲了一些骇人听闻的事，还用手掌打过他们，因为他不能用拳头打他们。可越是这样，他们就越是缠着他，迈克尔还试戴了他的眼镜。

告诉斯密，说孩子们爱他，胡克恨不得这样做。可是，这似乎太残酷了。胡克决定把这个秘密藏在心里。他们为什么觉得斯密可爱？胡克像警犬一样，对这个问题穷追不舍。斯密要是可爱，可爱在哪里？一个可怕的回答突然冒出来了："是良好的风度！"

这个水手是不是有着顶好的风度，可自己又完全不知道呢？这一点，不恰恰是顶好的风度吗？

胡克记起来了，你得证明你不知道自己有良好的风度，才有资格加入波普俱乐部①。

胡克狂怒地大吼一声，向斯密的头举起铁爪，可他没有把斯密撕碎，一个念头止住了他的手：

"为了一个人有好风度而去抓他，那算什么呢？"

---

① Pop，英国著名的贵族中学伊顿公学的一个社交团体，1811年成立，成员人数严格控制。

"那是恶劣的风度！"

不幸的胡克一下子变得有气无力，像一朵被折断的花一样垂下了头。

他的喽啰们以为他现在不碍他们的手脚了，立刻就放松了纪律，狂醉般地跳起舞来。这使胡克顿时振作起来，像一桶冷水浇到了头上，所有软弱的表现都一扫而光。

"别叫了，你们这些浑蛋，"他嚷道，"要不，我要钩你们了。"喧闹声立刻止住，"孩子们都用链子锁起来了没有？别让他们跑掉。"

"是喽，是喽。"

"那就把他们揪上来。"

除了温迪，倒霉的囚徒们一个个从货舱里被拉了出来，排成一行，站在胡克面前。起初，胡克好像没看见他们。他懒洋洋地坐在那儿，有腔有调地哼着几句粗野的歌，手里玩弄着一副纸牌。他嘴里雪茄烟的火光，一闪一闪地映出他脸上的颜色。

"好吧，小子们，"胡克干脆地说，"你们中间六个人今晚走跳板。我还可以留下两个做小厮。留下你们哪两个呢？"

"除非万不得已，不要惹他发火。"温迪在货舱里曾这样告诉孩子们。所以图图很有礼貌地走上前去。图图很不愿意在这个人手底下当差，可是他灵机一动，想到可以把责任推给一个不在场的人。他尽管有点笨，可还是知道，只有做母亲的总是愿意代人受过。

于是，图图就谨慎地解释："你知道，先生，我想，我母亲是不会愿意我当海盗的。你母亲会愿意你当海盗吗，斯莱特利？"

他冲斯莱特利挤了挤眼，斯莱特利悲伤地说："我想她不会。"好像他希望事情不是这样，"你们的母亲愿意你们当海盗吗，孪生子？"

"我想她不会。"老大说，他也像别的孩子一样聪明，"尼布斯，你——"

"少废话。"胡克吼道，说话的孩子被拉了回去，"你小子，"胡克对约翰说，"你像是还有点勇气，你从来没有想过当海盗吗，我的乖乖？"

约翰在做算术题的时候，就遇到过这样的诘问，胡克单挑出他来问，使他感到有点突然。

"我有一次想把自己叫作红手杰克。"约翰犹豫地说。

"这名字不赖呀。要是你入伙，我们就这样叫你。"

"迈克尔，你怎么想？"约翰问。

"要是我入伙，你们叫我什么？"迈克尔问。

"黑胡子乔。"

迈克尔自然是颇感兴趣。"你看怎么样，约翰？"他要约翰来决定，约翰要他来决定。

"我们入了伙还能当国王的好百姓吗？"约翰问。

回答从胡克的牙缝里挤了出来："你们得宣誓'打倒国王'。"

约翰或许一直表现得不太好，不过，这一次他可大放光彩了。

"那我不干。"他捶着胡克面前的木桶喊道。

"我也不干。"迈克尔喊。

暴怒的海盗们打了他们的嘴。胡克大吼："这就定下你们的命运。把他们的母亲带上来，准备好跳板。"

他们不过是些孩子，看到鸠克斯和切科抬来那块要命的跳板，脸都吓白了。可是，当温迪被带来时，他们竭力装出勇敢的样子。

我简直没法给你们描写温迪是多么瞧不起那些海盗。男孩们觉得，当海盗多少还有点迷人的地方。可

186

是，温迪只看到这艘船多年没有打扫过。没有一个舷窗的玻璃不脏，你都能在上面用手指写字。她已经在几个舷窗上写字了。可是，当男孩们围在她身边时，当然，她一心只为他们着想。

"我的美人儿，"胡克说，嘴上像是抹了蜜糖，"你就要看着你的孩子们走跳板。"

尽管胡克是一位体面的绅士，但他吃东西太过着急，弄脏了衣领。突然，他发现温迪正盯着他的衣领瞧。他急忙想去遮盖，可已经来不及了。

"他们是要去死吗？"温迪的神情轻蔑透顶，胡克几乎气晕了。

"是的。"他恶狠狠地说，"全都住口，"他幸灾乐祸地喊道，"听一个母亲和她的孩子做最后的诀别。"

这时，温迪显得庄严极了。"亲爱的孩子们，这就是我最后对你们说的话。"她坚定地说，"我觉得，你们真正的母亲有句话要我转给你们，那就是：'我们希望，我们的儿子要死得得体。'"

听了这话，海盗们大为敬畏。图图发狂似的大叫："我就要照我母亲希望的去做。你呢，尼布斯？"

"照我母亲希望的去做。你呢，孪生子？"

"照我母亲希望的去做。约翰，你……"

可是胡克在震惊过后，又发话了。

"把她捆起来。"他狂叫。

是斯密把温迪捆到桅杆上的。"喂，我说，小乖乖，"斯密悄悄地说，"要是你答应做我的母亲，我就救你。"

可是，就连对斯密，温迪也不肯答应。

"我宁可一个孩子也没有。"她鄙夷地说。

说来也够凄惨的，在斯密把温迪捆在桅杆上的时候，没有一个孩子望着她。孩子们的眼睛全都盯住那块跳板，他们将要去走那小小的最后几步。他们已经不敢指望自己能雄赳赳气昂昂地走那几步，他们已经失去了思考的能力，只呆呆地望着，瑟瑟发抖。

胡克咬牙切齿地冲他们微笑，他朝着温迪走去，想要扳过她的脸来，让她瞧着孩子们一个个走上跳板。可是胡克没能走到她跟前，没能听到他要强迫她发出的呼痛声。他听到的是另一种声音。

那是鳄鱼的可怕嘀嗒声。

那声音，他们全都听到了，海盗们、孩子们、温迪。刹那间，所有的头都朝一个方向转过去，不是朝着发出声音的水里看，而是朝着胡克看。大家都知道，将要发生的事只和他有关。他们本来是演戏的，现在忽然变成看戏的了。

看到胡克身上发生的变化，那才叫吓人呢。就像他浑身骨节都挨了痛打，他瘫软地缩成一小团。

那嘀嗒声越来越近，声音还没到，一个骇人的念头先到了："那只鳄鱼要爬上船来了。"

胡克的那只铁爪一动不动地垂着，好像它也知道，自己不是那进攻的敌人真正要得到的身体的一部分。落到这样孤立无援的境地，换了别人，早就闭上眼睛，倒地等死了。可是，胡克那强大的头脑还在运转，他的头脑指挥他双膝着地，跪在甲板上往前爬，尽量逃开那个声音。海盗们恭恭敬敬地给他让出一条路，他一直爬到船舷那边，才开口说话。

"把我藏起来。"他沙哑地喊。

海盗团团围绕在他身边，他们的眼睛都躲开不看那个就要爬上船来的东西，他们不想去和它战斗，这是命啊。

胡克藏起来以后，孩子们才由于好奇，活动开来，一齐拥到船边，去看那条鳄鱼爬上船来。这时，他们看到了这惊人一夜中最惊人的事。因为，来救他们的不是鳄鱼，而是彼得。

彼得做了个手势，示意他们不要发出惊喜的叫喊，免得引起怀疑。彼得继续发着嘀嗒的声音。

第十五章　和胡克拼个你死我活

　　每个人一生中都曾遇到过一些奇特的事，可是在一段时间内，却毫无觉察。举个例子说吧，我们突然发现聋了一只耳朵，不知道聋了多久，就说半个钟头吧。那天晚上，彼得遇到的就是这种情况。上次我们说到，他正悄悄地穿越海岛，一个手指头按着嘴唇，一手握刀做好准备。他看见鳄鱼从他身边爬过，没觉得有什么异样，可是过了一会儿，他想起来了，鳄鱼没有发出嘀嗒声。起初，他觉得这事有点蹊跷，不过，很快明白过来，是那个钟的发条走完了。

　　鳄鱼突然失去它最亲密的伴侣，该有多么伤心，彼得根本没替它考虑。他只是立刻就想到怎样利用这个变故。他决定自己学着发出嘀嗒声，好让野兽听到，以为他就是鳄鱼，不加伤害地放他过去。他的嘀嗒声模仿得惟妙惟肖，却引来了一个意想不到的结果。鳄鱼也像别的动物一样，听到嘀嗒声，跟上了他。那鳄鱼究竟是想找回失去的东西，还是以为它的好友又嘀嗒作响了，我们永远不会知道。因为这条鳄鱼很呆头呆脑，一旦有了一个念头，就固守不变。

彼得平安无事地到达海岸。他的腿触到了水，却丝毫没有别的感觉。许多动物从陆上到水里都是这样，可在人类当中，我却没见过像他这样的人。他游泳的时候，心里只有一个念头："这回定要和胡克拼个你死我活。"他已经嘀嗒了很久，不知不觉地就这样嘀嗒下去。要是他觉出了，他早就停止了嘀嗒。因为，靠发出嘀嗒声登上海盗船，固然是一条绝妙的计策，可彼得没有想到。

正相反，彼得自以为像只老鼠似的悄无声息地爬上了船。等到他看见海盗们纷纷躲开他，胡克藏在他们中间，失魂落魄，像看到鳄鱼一样，他不由得也惊讶起来。

鳄鱼！彼得刚想起鳄鱼，就听到了嘀嗒声。起初，他以为声音是鳄鱼发出的，他很快地回头扫一眼。这才发现，发出嘀嗒声的原来是他自己。眨眼间，他明白了当时的情势。"我多聪明呀！"他立刻想。于是，他向孩子们做手势，示意他们不要拍手欢呼。

就在这当儿，舵手爱德华·坦特钻出前舱，从甲板上走过来。现在，请你看着表，计算下面发生的事的时间。彼得立刻行动，约翰用手捂住遭殃海盗的嘴，不让他发出呻吟。海盗向前栽倒，四个孩子揪住他，防止他落地时发出咕咚的声音。彼得一挥手，那具海盗被抛下海去。只听"扑通"一声，一切归于寂静。一共花去多少时间呢？

"一个啦！"斯莱特利开始计数。

这时，有几个海盗壮着胆子东张西望。说时迟，那时快，彼得一溜烟钻进船舱。海盗们能够听到彼此惊慌的喘息声，可见那个更可怕的声音已经走远了。

"它走了，船长，"斯密说，擦了擦他的眼镜，"现在一点儿声音都没有了。"

胡克把头从带褶的衣领里慢慢伸出来仔细倾听，发现的确没有嘀嗒嘀嗒的余音了。他重新挺直了身体。

"现在，该走跳板啦。"胡克沉着脸喊道。他现在更加恨那些孩子，因为他们看到了他的狼狈。他又开始唱起那支恶毒的歌：

> 哟嗬，哟嗬，跳动的木板啊，
> 踩着木板走到头；
> 连人带板掉下去，
> 到海底去见大卫·琼斯喽！

为了让孩子们更加害怕，胡克不顾尊严，沿着一块想象中的跳板舞过去，一面唱着，一面冲他们狞笑。唱完了，他说："走跳板以前，你们要不要尝尝九尾鞭的味道？"

听到这话，孩子们都跪了下来，可怜地喊道："不，不！"海盗们都忍不住笑了。

"鸠克斯，去把鞭子拿来，"胡克说，"鞭子在船舱里。"

船舱！彼得就在船舱里！孩子们互相对看着。

"是，是，"鸠克斯乐呵呵地回答，大步走下船舱。孩子们用眼睛跟着他，胡克又唱起歌来，他们几乎没听到。胡克的喽啰们应声和着：

哟嗬，哟嗬，抓人的猫，

它的尾巴有九条，

要是落到你们的背上

……

最后一行是什么，我们永不会知道了。因为，突然间船舱里传来一声可怕的尖叫，那声哀号响彻全船，随后就戛然停止了。接着又听到一声欢快的叫喊，那是孩子们都熟悉的；可是在海盗们听来，比那声尖叫还要令人毛骨悚然。

"那是什么？"胡克喊道。

"两个啦。"斯莱特利郑重地数道。

意大利人切科犹豫了一下，然后大摇大摆地走下船舱去。他踉跄着退了出来，脸都吓黄了。

"比尔·鸠克斯，怎么回事？"胡克龇牙咧嘴地说，恶狠狠地逼视着他。

"怎么回事，他死了。"切科压低了嗓门说。

"比尔·鸠克斯死啦！"海盗们大惊失色，一齐喊道。

"船里黑得像个地洞，"切科几乎话都说不清了，

195

"可是那儿有个吓人的东西，就是你们听到叫喊的那个东西。"

孩子们的兴高采烈，海盗们的垂头丧气，胡克全都看到了。

"切科，"他冷冰冰地说，"回到舱里去，把那家伙给我捉来。"

切科，这个最勇敢的海盗，在船长面前战战兢兢地喊道："不，不。"但是，胡克咆哮着举起铁钩。

"你是说你去，是吧，切科？"

切科绝望地扬了扬两臂，下去了。再也没有人唱歌，全都在静听着。又是一声惨叫，又是一声叫喊。

没有人说话，只有斯莱特利数道："三个啦。"

胡克一挥手，集合了他的部下。"混账，岂有此理，"他暴跳如雷地吼道，"谁去把那东西给我抓来？"

"等切科上来再说吧。"斯塔奇咕噜着说，别的人也附和着他。

"我仿佛听到你说，你要自告奋勇下去。"胡克说，又发出咆哮声。

"不，老天爷，我没有说！"斯塔奇喊。

"可是我的钩子认为你说了，"胡克说，向他逼近，

"我看，你还是迁就一下这钩子为妙，斯塔奇。"

"我绝不下那儿去。"斯塔奇固执地回答，他又得到水手们的支持。

"要造反哪？"胡克问，显得格外愉快，"斯塔奇是造反头头。"

"船长，发发慈悲吧。"斯塔奇呜咽着说，浑身都在哆嗦。

"握手吧，斯塔奇。"胡克说，伸出了铁钩。

斯塔奇环顾四周求援，但是全都背弃了他。他步步后退，胡克步步紧逼。这时，胡克的眼睛里现出红光。随着一声绝望的号叫，斯塔奇跳上了长汤姆大炮，一个倒栽葱，跳进了大海。

"四个啦。"斯莱特利叫着。

"现在，"胡克彬彬有礼地问，"还有哪位先生要造反？"他抓过来一盏灯，威吓地举起铁钩，"我要亲自下去把那东西抓上来。"他说，快步走进船舱。

"五个啦。"斯莱特利恨不得这样说，他舔湿嘴唇准备着。可是胡克趔趔趄趄地退了出来，手里没有了灯。

"什么东西吹灭了我的灯。"胡克有点不安地说。

"什么东西！"马林斯应声说。

"切科怎么样了？"努得勒问。

"他像鸠克斯一样。"胡克简短地说。

胡克迟疑，不愿再下到舱里，这在海盗们当中造成了不良的影响。库克森嚷道："人们都说，要是船上来了一个不明不白的东西，这只船肯定要遭殃。"

"我还听说，"马林斯嘟囔着说，"这东西早晚要上一艘海盗船的。它有尾巴吗，船长？"

"他们说，"另一个海盗不怀好意地瞄着胡克，"那东西来的时候，模样就和船上那个最恶的人差不多。"

"他有铁钩吗，船长？"库克森侮慢地问。于是，海盗们一个接一个地嚷起来了："这只船要遭厄运了。"听到这话，孩子们忍不住欢呼起来。胡克几乎把囚徒们都忘了，这时他回头看到他们，脸上忽然又亮了。

"伙计们，"胡克对他的水手喊，"我有一计。打开舱门，把他们推下去。让他们跟那个怪物拼命去吧。要是他们把那怪物杀了，那最好不过；要是那怪物把他们杀了，那也不坏。"

海盗们最后一次佩服胡克，他们忠实地执行他的命令。孩子们假装挣扎着，被推进船舱，舱门被关上了。

"现在，听着。"胡克喊。大家都静听，只是没有一个敢对着那扇门看，不，有一个，那是温迪，她一直被绑在桅杆上。她等待的不是一声喊叫，也不是一声啼鸣，而是彼得的重新露面。

温迪不用等多久。在舱里，彼得找到了他要找的东西：给孩子们打开镣铐的钥匙。现在，孩子们都偷偷地溜到各处，用能找到的各种武器武装起来。彼得先做手势叫他们藏起来，然后他溜出来割断了温迪的绑绳。现在，他们要一起飞走，是再容易不过的事了。但是有一件事拦阻了他们，就是那句誓言，"这回我要和胡克拼个你死我活"。于是，彼得给温迪解开绑绳以后，就悄悄对她说，让她和别的孩子藏在一起，他代替温迪站在桅杆前，披上她的外衣装作是她。然后，他深深地吸进一口气，放声叫喊。

海盗们听了这声叫喊，以为舱里所有的孩子都给杀死了，他们吓得魂不附体。胡克想给他们打气，可是，他早已把他们练成了一群狗，他们现在对他龇着牙。他心里明白，要是他不盯住他们，他们会扑上来咬他的。

"伙计们，"胡克说，他准备敷衍过去，必要的话也动武，可是一刻也不肯在他们面前退缩，"我想起来了，这船上有一个约拿。"

"对了，"水手们狺狺地说，"一个戴铁钩的人。"

"不，伙计们，是一个女孩。海盗船上，来了个女的，就不会走运。她走了，船上就太平了。"

有的人想起来了，弗林特也说过这样的话。"不妨试一试。"水手们将信将疑。

"把那个女孩扔到海里去。"胡克喊道，海盗们朝那个披着外衣的人冲过去。

"现在没人能救你了，我的小姐。"马林斯嘲笑着，怪里怪气地说。

"有一个人。"那人说。

"是谁？"

"复仇者彼得·潘！"一个可怕的回答传来。彼得甩掉外衣，海盗们这才知道在舱里作怪的是谁。胡克两次想说话，两次都没说出来。在那可怕的一瞬间，恐怕他那颗凶残的心都被气碎了。

"来呀，孩子们，冲呀。"彼得大呼。转眼间，船上响起一片吼声。如果海盗们能集合在一起，他们肯定会得胜的。可是在遭到袭击时，他们松松垮垮、毫无准备，他们东奔西突，不知所措。要是一对一的话，海盗们更强；可是，他们处在被动挨打的地位，这就使孩子们能够两个对付一个，还可以随意选择对手。海盗们有的跳下了海，有的藏在暗角里。斯莱特利找到了他们。他不参加战斗，只提着灯跑来跑去。他把灯直照在海盗们的脸上，晃得他们什么也看不清。船上很少喧闹，只听到兵器铿锵，偶尔一声惨叫或落水声，还有斯莱特利那单调的数数——五个啦——六个啦——七个啦——八个啦——九个啦——十个啦——十一个啦。

当一群孩子围上胡克时，我想其余的海盗大概都完蛋了。胡克像有魔法一样，他周围像有一个火力圈，孩子们近不得身。他就像一个人能对付所有人一样。一次又一次，孩子们逼近胡克，一次又一次胡克又逼退了他们。

"孩子们，"这时彼得走了过来，"这个人由我来对付。"

忽然间，胡克发现他和彼得面对面了，其他的孩子都退了下去，围着他们站成一圈。两个仇人对看了好半晌。胡克微微发抖，彼得脸上现出奇异的微笑。

"这么说，潘，"胡克终于说，"这全是你干的。"

"对了，詹姆斯·胡克，"彼得严峻地回答，"这全是我干的。"

"骄傲无礼的年轻人，"胡克说，"准备迎接你的末日吧。"

"阴险毒辣的人，"彼得回答，"前来受死。"

不再多说，两人刺杀起来，有一段时间双方不分胜负。彼得剑法极精，躲闪迅速，使人眼花缭乱。他不时虚晃一招，趁敌人不备猛刺一剑。可惜他吃亏在胳膊太短，刺不到家。胡克的剑法也毫不逊色，不过，手腕上的功夫不如彼得灵活，他靠着猛攻的办法压住了对方。他希望用巴比克早先在里奥教给他的致命刺法，一下结果了敌人。可是他惊讶地发现，他屡刺不中。他的铁钩一直在空中乱舞乱抓。这时，他想逼过去用铁钩制住对方。然而彼得一弯身，躲开了铁钩，向前猛刺，刺进了他的肋骨。胡克看到了自己的血。你们还记得吧，那血的怪颜色最叫他受不了。胡克手中的剑落到地上，他现在完全受彼得摆布了。

"好啊！"孩子们齐声喝彩。彼得做了一个颇有风度的姿势，请敌人拾起他的剑。胡克立刻拾起来，不过他的心里感到一阵悲哀，觉得彼得表现了良好的风度。

胡克一直以为和他作战的是个恶魔，可是现在，他起了更晦暗的疑心。

"潘，你到底是谁，到底是什么？"胡克粗声喊道。

"我是少年，我是快乐，"彼得信口答道，"我是刚出壳的小鸟。"

这当然是胡说。但是，在不幸的胡克看来，这就足以证明，彼得根本不知道他自己是谁，是什么，而这正是好风度的顶点。

"再来受死吧。"胡克绝望地喊。

胡克像只打稻谷的连枷，频频挥动着剑。无论哪个大人或孩子，一碰到这可怕的剑，都会被挥成两段。可是彼得在他周围闪来闪去，好像那剑扇起来的风把他吹出了危险地带。

胡克现在对取胜已不抱希望。他那颗残暴的心也不再乞求活命，只盼着在死前能得到一个恩赐：看到彼得失态。

胡克无心恋战，跑到火药库里点着了火。

"不出两分钟，"他喊道，"整条船就要炸得粉碎。"

这下好了，胡克想，看看各人的真面目吧。

可是彼得从火药库里跑出来，手里拿着弹药，不慌不忙地把它扔到海里。

胡克自己表现的风度又如何呢？他虽然是个误入歧途的人，我们对他不抱同情，但我们还是高兴地看到，他在最后关头遵守了海盗的传统准则。这时，别的孩子围着他攻打，讥笑他，嘲弄他。他蹒跚地走过甲板，有气无力地还击他们，他的心思已经不在他们身上。他的心思懒洋洋地游荡在早年的游戏场上，或者扬帆远航，或者观看一场精彩的拍墙游戏。他的鞋、背心、领结、袜子都整整齐齐。

詹姆斯·胡克，你不能说不是一条好汉，永别了。

因为他最后的时刻已经来到了。

看到彼得举着剑慢慢地凌空向他飞来，胡克跳上船舷，纵身跳下海。他不知道鳄鱼正在水里等着他。因为我们有意让钟停止嘀嗒，免得他知道这个情况，这算是对他表示的最后一点儿敬意吧。

胡克最后取得的一点儿胜利，我们也不妨一提：

他站在船舷上时，回头看着彼得向他飞来，他做了个姿势，要彼得用脚踢。彼得果然用脚踢，没有用剑刺。

胡克总算得到了他渴望的酬报。

"失态了。"他讥笑地喊道，心满意足地落进了鳄鱼口中。

詹姆斯·胡克就这样被消灭了。

"十七个啦。"斯莱特利唱了出来。不过他的计数不大准确。那晚上十五名海盗吞下了死亡的苦果，有两个逃到了岸上：斯塔奇被印第安人捕获，他们命他给印第安婴孩儿当保姆，对于一个海盗，这不得不说是个悲惨的下场；斯密从此戴着眼镜到处流浪，逢人便说，詹姆斯·胡克就怕他一个人，来维持他有一顿没一顿的生活。

温迪当然没有参加战斗，不过，她一直睁着发亮的眼睛注视着彼得。

现在战事已经过去，温迪变得重要起来，她一视同仁地表扬他们。然后，她把孩子们带到胡克的舱里，指着挂在钉子上的胡克的表，显示的时间是"一点半"。

时间这么晚了，这该是最严重的一件事。当然，

205

温迪很快安顿他们在海盗的舱铺上睡下。只有彼得没睡，他在甲板上来回踱步。最后，倒在长汤姆大炮旁睡着了。那夜，他做了许多梦，在梦中哭了很久，温迪紧紧地搂着他。

第十六章 回家

　　第二天早晨，钟打两响①时，他们都东奔西跑地忙碌起来。因为海上起了大风浪。他们当中，图图这位水手长，手里握着缆绳的一端，也在奔忙。他们全都穿上了剪裁到膝盖的海盗服，脸刮得光光的，像真正的水手那样，提着裤子，两步并作一步，急匆匆地爬上甲板。

　　谁是船长，自不必说。尼布斯和约翰是大副和二副，船上有一位妇女，其余都是普通水手，住在前舱。彼得已经牢牢地掌住舵，他把全体船员召集到甲板上来，对他们做了一个简短的训话，希望他们都像英勇

――――――――――

① 按船上的规矩，每半小时敲一下钟。到四点钟，敲到八下，然后从头开始。因此，打两响是早晨五点钟。

的海员一样，恪尽职守。不过他知道，他们都是里奥和黄金海岸的粗人。水手们发出一阵粗重的欢呼声。彼得下了几道严厉的命令，然后他们掉转船头，向英国本土驶去。

潘船长查看了航海图以后，推算要是这种天气持续下去，他们将在6月21日到达亚速尔群岛。到了那儿，飞起来就省时间了。

他们当中，有些人愿意这船是一艘普普通通的船，另一些人则愿意它仍是一艘海盗船。可是，船长把他们看成喽啰们，所以，他们不敢发表意见，即便是递交一份陈情书也不敢。绝对服从是唯一稳妥的办法。斯莱特利有一次奉命测水，脸上露出迷惑的神色，就挨了十二下打。大家普遍感到，彼得眼下故作老实，为的是消除温迪的怀疑。不过，等到新衣做成之后，或许还会有变化。这件衣服是用胡克一件最邪恶的海盗服改做的，温迪本不愿意做。后来，大家窃窃私语，在彼得穿上这件衣裳的头一夜，他在舱里坐了很久，一手握拳，只伸出了食指。这根食指弯曲着，像只钩子，举得老高，做出恐吓的姿态。

船上的事暂且搁下不提，我们回过头来看看那个寂寞的家吧。那三个狠心离家出走的小家伙，已经离开很久了。说也惭愧，这么长时间，我们都没有提起十四号这所住宅。不过我们敢说，达林太太一定不会见怪的。假如我们早一点儿回到这里，带着悲哀的同情的心探望她，她或许会喊道："别做傻事，我有什么要紧？快回去照顾孩子们吧。"母亲们总是抱着这种态度，就难怪孩子们借故迟迟不回家。

即使我们现在冒昧地走进那间熟悉的育儿室，那也只是因为，它的合法主人已经在归途中，我们只不过比他们先行一步，看看他们的被褥是不是都晾晒过了，关照一下达林夫妇，请他们那晚不要出门。我们不过是仆人罢了。不过，既然他们离开时走得那样匆忙，连句感谢的话都不说，我们又何必替他们晾被褥呢？要是他们回到家里，发现父母都到乡间度周末去了，那是他们应得的教训。不过，如果我们把事情设想成这样，达林太太永远也不会饶恕我们。

有一件事我实在想做，像一般写故事的人那样。那就是，告诉达林太太，孩子们就要回来了，下星期四他们就会到家。这样一来，温迪、约翰和迈克尔预定的给家里一个意外惊喜的计划就完全落空了。他们在船上已经计划好：母亲的狂喜，父亲的欢呼，娜娜腾空跃起，抢先扑上来拥抱他们。而他们准备要做的，是秘而不宣，预先把消息泄露出来，破坏他们的计划，那该多么痛快。那样的话，当他们神气地走进家门时，达林太太甚至都不去亲吻温迪，达林先生会烦躁地嚷道："真讨厌，这些小子又回来了。"不过，这样做，我们也得不到感谢。我们现在已经了解达林太太的为人了，可以肯定，她准会责怪我们，不该剥夺孩子们的一点小小乐趣。

"可是，太太，到下星期四还有十天，我们把实情告诉你，可以免去你十天的不快乐。"

"不错，但是那代价有多大呀！剥夺了孩子们十分钟的愉快。"

"啊，如果你是这样看问题……"

"还能有什么别的看法呢？"

你瞧，达林太太的情绪不对头。我本想替她美言几句，可我现在不想再提孩子们的事了。其实，我用不着关照达林太太安排好一切，一切都已安排好了。三张床上的被褥都晾过，她也从不出门。请看，窗子是开着的。尽管我们可以留下为她效劳，但我们还是

210

回到船上去吧。不过，我们既然来了，就不妨留下观察观察。我们本来就是旁观者，没有人真正需要我们。所以就让我们在一旁观望，说几句刺耳的话，好叫某些人听了不痛快。

育儿室里能看到的唯一变动是，从晚九点到早六点，狗舍不在房里放着。自从孩子们飞走以后，达林先生就打心眼儿里觉得，千错万错，都错在他把娜娜拴了起来，娜娜自始至终都比他聪明。当然，我们已经看到达林先生是个单纯的人。真是，假如能去掉秃顶，他甚至可以再装成一个男孩。但是，他还有着高尚的正义感，凡是他认为正确的事，他都有极大的勇气去做。孩子们飞走后，他把这事苦苦思量一番，便四肢着地，钻进了狗舍。达林太太亲切地劝他出来，他悲哀地，但是坚定地回答：

"不，亲爱的，这才是我应该待的地方。"

达林先生悔恨至极，发誓说，只要孩子们一天不回来，他就一天不出狗舍。这当然是件遗憾的事。不过，达林先生要做什么，都喜欢走极端，要不，他很快就会停止不做。过去那个骄傲的乔治·达林，如今变得再谦逊不过了。一天晚上，他坐在狗舍里，和妻

211

子谈着孩子们和他们可爱的小模样儿。

他对娜娜的尊敬，真叫人感动。他不让娜娜进狗舍，可是在别的事情上，他全都无所保留地听从娜娜的意见。

每天早晨，达林先生坐在狗舍里，叫人连窝一起抬到车上，拉到办公室。六点钟，再照样运回家。我们要记住，这个人把邻居的意见看得多么重，那么我们就可以看出，他的性格有多么坚强。现在，这个人的一举一动都引起了人们惊诧的注意。他内心一定忍受着极大的痛苦。但是当小伙子们指点着他的小屋子说三道四时，他外表还能保持镇静。要是有哪位太太探头向狗舍里张望，他还会向她脱帽致意。

这也许有点堂·吉诃德的意味，可是也挺崇高。不久，这事的内情原委传了出去，公众深受感动。成群的人跟在他的车后面，欢呼声经久不息。俊俏的女郎爬上车去，求他亲笔签名。访问新闻登上了第一流报刊，上等家庭邀请他去做客，并且加上一句："务请坐在狗舍里光临。"

在星期四这个不寻常的日子，达林太太坐在育儿室等着乔治回来，她成了个眼神忧伤的女人。现在，我们来仔细端详她，想想她昔日的活泼愉快，只因为她失去了她的娃娃们，风采就完全消失了，我现在实在不忍心说她的坏话。要说她太爱她的那几个坏孩子，那也难怪。她坐在椅子上睡着了，看看她吧。你首先看到的是她的嘴角，现在几乎变得憔悴了。她的手不停地抚摸着胸口，就像那儿隐隐作痛。有的人最喜欢彼得，有的人最喜欢温迪，可是我最喜欢达林太太。为了使她高兴，我们要不要趁她睡着了，悄悄对她说，小家伙们回来了？

孩子们离窗口只有三千米远了，正飞得起劲。不过，我们只需悄悄地说，他们已在回家的路上了。让我们这样说吧。

很糟糕的是，我们真的这样说了，因为达林太太忽然跳了起来，呼唤着孩子们的名字，可是，屋里一个人也没有，只有娜娜。

"啊，娜娜，我梦见我的宝贝们回来了。"

娜娜睡眼惺忪，她所能做的，只是把爪子轻轻放在女主人的膝上，她们就这样坐着。这时，狗舍运回来了。达林先生伸出头来吻他的妻子时，我们看到他的脸比以前憔悴多了，但是神情也温和多了。

达林先生把帽子交给莉莎，她轻蔑地接了过去。莉莎缺乏想象力，没法理解这个人的所作所为。屋外，随车而来的一群人还在欢呼，达林先生自然感动。

"听听他们，"他说，"真叫人快慰。"

"一群小毛孩。"莉莎讥笑地说。

"今天，人群里有好几个大人呢。"达林先生微红着脸告诉莉莎。可是，看到她不屑地把头一扬，达林先生没有责备她一句。大出风头并没有使他得意忘形，反倒使他变得更和气了。有一阵子，他坐在狗舍里，半截身子伸到外面，和达林太太谈着他的这番出名。达林太太说，希望这不会使他头脑发昏。这时，他紧紧握着达林太太的手，要她放心。

"幸亏我不是一个软弱的人。"达林先生说，"天哪，要是我是一个软弱的人就糟了。"

"乔治，"达林太太怯生生地说，"你还是满心的悔恨，是不是？"

"还是满心的悔恨，亲爱的。你瞧我怎么惩罚自己：住在狗舍里。"

"你是在惩罚自己，是不是，乔治？你能肯定你不是把它当作一种乐子吗？"

"什么话，亲爱的。"

当然，达林太太请求原谅。然后，达林先生觉得困了，他蜷着身子，在狗舍里躺下。

"你到孩子们的游戏室去，为我弹钢琴催眠好吗？"他请求。达林太太向游戏室走去时，他漫不经心地说："关上窗子，我觉得有一股风。"

"啊，乔治，千万别叫我关窗子。窗子永远是要开着的，好让他们飞回来，永远，永远。"

现在，轮到达林先生请求她原谅了。达林太太走到游戏室，弹起钢琴来，达林先生很快就睡着了。在他睡着的时候，温迪、约翰、迈克尔飞进了房间。

不对，不是这样的。我们这样写，是因为我们离船以前，他们原是这样巧妙安排的。可是，在我们离船后，一定发生了什么，因为飞进来的不是他们三个，而是彼得和叮叮铃。

彼得的头几句话，就说明了一切。

"快，叮叮铃，"彼得低声说，"关上窗子，上锁。对了。现在，咱们得从门口飞出去。等温迪回来时，她会以为她的母亲把她关在外面了，她就得跟我一道儿回去。"

我脑子里一直有一个疑问，杀了海盗以后，彼得为什么不回岛上去，让叮叮铃护送孩子们回家。现在，这个问题迎刃而解了。原来彼得脑子里一直藏着这样一个诡计。

　　彼得并不觉得这样做有什么不对，反而开心地跳起舞来。然后，他向游戏室里偷偷张望，看是谁在弹钢琴。他轻轻地对叮叮铃说："那是温迪的母亲。她是一位漂亮的太太，不过没有我的母亲漂亮。她嘴上满是顶针，不过没有我母亲嘴上的顶针多。"

　　当然，关于彼得的母亲，他什么也不知道。可是，他有时候喜欢夸耀地谈到她。

　　彼得不知道钢琴上弹的是什么曲子，那其实是《可爱的家庭》，可是他知道，那曲子在不断地唱着"回来吧，温迪，温迪，温迪"。彼得扬扬得意地说："太太，你再也别想见到温迪啦，因为窗子已经关上啦。"

　　彼得又向里偷看一眼，看看琴声为什么停了，他看见达林太太把头靠在琴箱上，眼里含着两颗泪珠。

　　"她要我把窗子打开，"彼得心想，"可是我才不呢，就不。"

彼得再一次向里偷看，只见两颗泪珠还在眼里待着，不过，已经换了两颗。

"她真是很喜欢温迪。"彼得对自己说。他现在很恼恨达林太太，因为她不明白为什么她不能再得到温迪。

这道理再简单也不过："因为我也喜欢温迪，太太，我们两个人不能都要温迪呀。"

可是这位太太偏不肯善罢甘休，彼得觉得不痛快，他不再看她。可就是这样，她也不放过他。彼得在房里欢蹦乱跳，做着滑稽的表情，可是他一停下来，达林太太就仿佛在他心里不住地敲打。

"啊，那好吧。"最后，彼得忍着气说，然后他打开了窗子，"来呀，叮叮铃，"他喊，狠狠地对自然法则投去轻蔑的一眼，"咱们可不要什么傻母亲！"他飞走了。

所以，温迪、约翰和迈克尔飞回来的时候，窗子还是开着的：这当然是他们不配受到的待遇。他们落到了地板上，一点也不懂得惭愧，最小的一个甚至忘记了这是他的家。

"约翰，"他说，疑惑地四面张望，"这儿，我好像来过。"

"你当然来过，那不是你的旧床吗？"

"没错。"迈克尔不大有把握地说。

"瞧，狗舍！"约翰喊，他跑过去，往里瞧。

"也许娜娜就在里面吧。"温迪说。

约翰吹了一声口哨。"喂，"他说，"里面有个男人。"

"是父亲！"温迪惊叫。

"让我瞧瞧父亲。"迈克尔急切地请求，他仔细地看了一眼，"他还没有我杀死的那个海盗个头儿大哩。"他坦率地带着失望的口气说。幸好达林先生睡着了，要是他听见他的小迈克尔一见面就说出这样一句话，该多伤心啊。

看见父亲睡在狗舍里，温迪和约翰不禁吃了一惊。

"真的，"约翰好像不大相信自己的记忆力，"他不会是一向都睡在狗舍里吧？"

"约翰，"温迪犹犹豫豫地说，"也许我们对旧生活的记忆，不像我们想的那样准确。"

他们觉得身上一阵冷。

"我们回来的时候，"约翰这个小家伙说，"妈妈不在这儿等着真是太粗心了。"

这时候，达林太太又弹起琴来。

"是妈妈！"温迪喊道，向那边偷看。

"可不是吗！"约翰说。

"那么，温迪，你并不真是我们的母亲？"迈克尔问。他一定是困了。

"噢，我的天！"温迪惊叹道，她第一次真正感到了痛悔，"是到了我们该回来的时候了。"

"我们偷偷地溜进去，"约翰提议，"用手蒙住她的眼睛。"

可是温迪认为，应该用一种更温和的办法宣告好消息，她想到了一个更好的办法。

"我们都上床去，等妈妈进来的时候我们都在床上躺着，就好像从来没有离开过一样。"

于是，当达林太太回到孩子们的睡房，来看达林先生是不是睡着了，这时候她看到，每张床上都睡了一个孩子。孩子们等着听她的一声欢呼，可是她没有欢呼。她看到了他们，但她不相信他们在那儿。原来，她时常在梦里看到孩子们躺在床上，达林太太以为她现在还是在做梦。

达林太太在火炉边的椅子上坐了下来，从前，她总是坐在这儿给孩子们喂奶。

孩子们不明白这是怎么回事，三个孩子都觉得浑身发冷。

"妈妈！"温迪喊道。

"这是温迪。"达林太太说，可是她还以为这是做梦。

"妈妈！"

"这是约翰！"达林太太说。

"妈妈！"迈克尔喊。他现在认出妈妈来了。

"这是迈克尔。"达林太太说。她伸出双臂，去抱那三个她以为再也抱不着的自私的孩子。果然她抱着了，她的双臂搂住了温迪、约翰和迈克尔，他们三个都溜下了床，向她跑去。

"乔治，乔治。"达林太太终于说得出话来了。达林先生醒来，分享了她的欢乐，娜娜也冲了进来。再也没有比这更美妙动人的景象。不过，这时候没人来观赏，只有一个陌生的小男孩从窗外向里张望。他的乐事数也数不清，那是别的孩子永远得不到的。但是，只有这一种快乐，他隔窗看到的快乐，他被关在了外面，永远也得不到。

第十七章　温迪长大了

我希望你们都愿意知道别的孩子的下落。他们都在下面等着，好让温迪有时间做解释。他们数到五百下的时候，就走上楼来。他们是沿楼梯走上来的，因为，这样会给人一个好印象。他们在达林太太面前站成一排，摘掉帽子，心想如果他们没穿海盗服就好了。他们没有说话，眼睛却在恳求达林太太收留他们。他们本该也望着达林先生，可是他们忘了看他。

当然，达林太太立刻就说她愿意收留他们。可是达林先生很不高兴，孩子们知道，他是嫌六个太多了。

"我得告诉你，"达林先生对温迪说，"你可不要做半截子事。"这话里有气，孪生子觉得是冲他们来的。

老大比较高傲，他红着脸对达林先生说："先生，

221

你是嫌我们人太多吧？那样的话，我们可以走开。"

"爸爸！"温迪激动地叫了一声。但是，达林先生还是满脸阴云。他知道，他这样做很不体面，可他又有什么办法。

"我们几个可以挤在一起。"尼布斯说。

"乔治！"达林太太惊叹一声，看到她亲爱的丈夫表现得这样不光彩，心里很难过。

达林先生突然哭了起来，于是真相大白了。他说，他也和太太一样，愿意收留他们。只不过他们在征求太太的意见时，也应征求他的意见才对，不该在他自己家里把他看成一个可有可无的人。

"我并不觉得他是一个可有可无的人。"图图立刻大声说，"你呢，卷毛？"

"我不觉得，你呢，斯莱特利？"

"我也不，孪生子，你们呢？"

到头来，没有一个孩子认为达林先生是可有可无的人。说来荒唐，达林先生竟然心满意足了。他说，要是合适的话，他可以把他们通通安置在客厅里。

"合适极了，先生。"孩子们向他担保。

"那么，跟我来。"他兴冲冲地喊，"请注意，我不敢肯定我有一间客厅，不过我们可以假装有一间客厅，反正一样。啊哈！"

他跳着舞步，满屋子转着，孩子们全都高喊"啊哈！"跳着舞步，跟在他后面，寻找那间客厅。他们究竟找到客厅没有，我也记不清了。可不管怎么样，他们总可以找到一些旮旯儿，蛮合适地住下了。

至于彼得，他飞走以前还来看了温迪一次。他并没有专门来到窗前，只是在飞过时蹭了一下窗子，如果温迪愿意的话，她可以打开窗子呼唤他。温迪果真这样做了。

"喂，温迪，再见了。"他说。

"啊，亲爱的，你要走了吗？"

"是的。"

"彼得，你不想跟我父母谈谈那件甜蜜的事儿吗？"温迪有点迟疑地说。

"不。"

"关于我的事，彼得？"

"不。"

达林太太这时走到窗子前来，她现在一直在密切地监视着温迪。她告诉彼得，她已经收养了其余的孩子，也愿意收养他。

"你要送我去上学？"彼得机警地问。

"是的。"

"然后再送我上办公室？"

"我想是这样。"

"我很快就要变成一个大人？"

"很快。"

"我不愿意去学校学那些正儿八经的东西，"彼得愤愤地对达林太太说，"我不要变成大人。温迪妈妈，要是我一觉醒来，摸到自己有胡子，那该多别扭！"

"彼得！"温迪安慰他说，"你有胡子我也会爱你的。"达林太太向他伸出两臂，但是彼得拒绝了她。

"太太，你靠后站吧，谁也不能把我变成一个大人。"

"可是你到哪儿去住呢？"

"和叮叮铃一起住在我们给温迪盖的小屋子里。仙子们会把它高高地抬上树梢，她们夜里就住在树上。"

"多可爱呀。"温迪羡慕地喊道。达林太太不由得把她抓得更紧。

"我以为所有的仙子都死了呢。"达林太太说。

"总会有许多年轻的仙子生出来。"温迪解释说，关于仙子的事，她现在可以说是个行家了，"因为每个婴孩第一次笑出声的时候，就有一个新的仙子诞生了。既然总是有新的婴孩儿，就总是有新的仙子，他们住在树梢上的巢里。绛色的是男的，白色的是女的，蓝色的是些小家伙，说不准他们是男是女。"

"我的乐趣可多了。"彼得用一只眼瞅着温迪说。

"晚上一个人坐在火炉边怪寂寞的。"温迪说。

"我有叮叮铃做伴。"

"叮叮铃有好些事干不了。"她有点儿尖酸地提醒彼得。

"背后嚼舌头的家伙！"叮叮铃不知从哪儿钻出来，骂了一句。

"那没关系。"彼得说。

"彼得，这有关系，你知道的。"温迪说。

"那好，你跟我一起到小屋子去吧。"

"妈妈，我可以去吗？"

"当然不可以，你好不容易回家了，我决不让你再离开。"

"可是他真需要一个母亲哪。"

"你也需要一个母亲啊，乖乖。"

"那就拉倒吧。"彼得说，好像他邀请温迪去只是出于礼貌。但是，达林太太看到彼得的嘴抽动了，于是她提出一个慷慨的建议：每年让温迪去他那儿住上一个星期，帮他搞春季的大扫除。温迪宁愿有一个更长远的安排，而且她觉得春天要等很久才到来。但是，这个许诺却使彼得高高兴兴地走了。他没有时间观念，他有那么多冒险的事要做，我告诉你们的，只不过是其中微乎其微的一点点。我想，大概温迪深知这一点，所以，她最后向他说了一句这样悲伤的话：

"你不会忘记我吧，彼得？在春季大扫除以前，你会忘记我吗？"

当然不会，彼得向她担保。然后，他飞走了。他带走了达林太太的一吻。她的吻是谁也得不到的，彼得却不费力地得到了，真滑稽。可是温迪也感到满足了。

自然，孩子们都给送进了学校，他们多数人上第三班。不过，斯莱特利先给安插到第四班；后来，又改上第五班。第一班是最高班。他们上学还不到一个星期，就已经懊悔，觉得他们离开永无乡真是冤枉，可是太迟了。他们很快也就安下心来，像你、我或小詹金斯一样过日子了。说来怪可怜的，他们渐渐失去了飞的本领。起初，娜娜把他们的脚绑在床柱上，防止他们夜里飞走。白天，他们的一种游戏是假装从公共汽车上掉下来，可是渐渐地他们发现，只要不拽住那根绑带，他们从公共汽车上掉下时，就会摔伤。到后来，帽子被风刮走，他们都不能飞过去抓住它。他们说，这是因为缺少练习。其实，这话真正的意思是，他们不再相信这一切了。

迈克尔比别的孩子相信的时间长些，虽然他们老是讥笑他。所以，第一年末彼得来找温迪时，他还和温迪在一起。温迪和彼得一起飞走时，身上穿着她在永无乡时，用树叶和浆果编织成的罩裙，她生怕彼得看出这罩裙已经变得多么短了。可是彼得根本没注意，他自己的事，他还说不完呢。

温迪盼着和他谈起那些激动人心的往事，可是新的冒险趣事已经从他脑中挤走了那些旧的冒险趣事。

温迪提起那个大敌时，彼得很感兴趣地问："胡克船长是谁？"

"你不记得了吗？"温迪惊讶地问，"是你打败了他，救了我们大家？"

"我打败了他们以后，就把他们忘记了。"彼得漫不经心地回答。

温迪希望叮叮铃看到她会高兴，但又怀疑这一点。彼得问："叮叮铃是谁？"

"啊，彼得。"温迪万分惊讶地说。即使她做了解释，彼得仍旧想不起来。

"他们这种小东西多的是，"他说，"我估摸她已经不在了。"

我想彼得大概说对了，因为仙子是活不长的。不过，因为她们很小，所以很短的时间，在她们看来也显得很长。

还有一点也使温迪感到难过：过去的一年，对于彼得来说，仿佛只是昨天。可在她看来，这一年等起来真长啊。不过，彼得还像以前一样招人喜欢，他们在树梢上的小屋里，痛痛快快地进行了一次春季大扫除。

下一年，彼得没有来接她。她穿上一件新罩褂等着他，因为那件旧的已经穿不下了。可是，彼得没有来。

"彼得也许是病了吧。"迈克尔说。

"你知道,彼得是从来不会病的。"

迈克尔凑到温迪跟前,打了个冷战,悄悄说:"也许根本就没有这样一个人吧,温迪!"要不是迈克尔哭了,温迪也会哭的。

再下一年,彼得又来接她去进行春季大扫除了。奇怪的是,他竟不知道他漏掉了一年。

这是小姑娘温迪最后一次见到彼得。有一个时期,为了彼得,温迪努力摆脱成长的痛苦。当她在常识课上得了奖时,她觉得自己背叛了彼得。但是,一年年过去了,这位粗心大意的孩子再也没来。等到他们再见面时,温迪已经是一位结了婚的妇人,而彼得对于她,早就成了她玩具匣子里的一点灰尘。温迪长大了。你不必为她感到遗憾,她属于喜欢长大的那一类人,她是心甘情愿长大的,而且心甘情愿比别的女孩子长得更快一点儿。

男孩们这时也全都长大了,完事了,不值得再提起他们。你随便哪一天都可以看到孪生子、尼布斯和卷毛提着公文包和雨伞向办公室走去。迈克尔是位火车司机。斯莱特利娶了一位贵族女子,所以他成了一位勋爵。你看见一位戴假发的法官从铁门里走出来了吗？那就是过去的图图。那个从来不会给他的孩子讲故事的有胡子的男人，他曾经是约翰。

温迪结婚时，穿着一件白衣，系着一条粉红饰带。想来也挺奇怪，彼得竟没有飞进教堂去反对这桩婚礼。

岁月如流水，温迪有了一个女儿。这件事不该用墨水写下，而应该用金粉大书特书。

女儿名叫简，脸上总带着一种想要探究点儿什么的古怪神情，仿佛她一来到世上，就有许多问题要问。等她长到可以发问的时候，她的问题多半是关于彼得的。她爱听彼得的故事，温迪把她自己能记得的事情全都讲给了女儿听。她讲这些故事的地点，正是她当年住过的那间育儿室，她就是从这里飞走的。现在，这里成了简的育儿室。因为简的父亲以百分之三的低价从温迪的父亲手里买下了这所房子。温迪的父亲已经不喜欢爬楼梯了。而达林太太已经去世，被遗忘了。

现在育儿室里只有两张床了，一张是简的，一张是保姆的。狗舍已经没有了，因为娜娜也过世了。她是老死的，最后几年，她的脾气变得很难相处，因为她非常固执己见，认为除了她，谁也不懂得怎样看孩子。

简的保姆每个星期有一次休假，那天就由温迪照看简上床睡觉。这也是讲故事的时候。简发明了一种游戏，她把床单蒙在母亲和自己的头上，当作一顶帐篷。在黑暗里，两人说着悄悄话：

"咱们现在看见什么啦？"

"今晚我什么也没看见。"温迪说，她心想，要是娜娜在的话，她一定不让她们再谈下去了。

"你看得见，"简说，"你是一个小姑娘的时候，就看得见。"

"那是很久很久以前的事啦，我的宝贝。"温迪说，"时间飞得多快呀！"

"时间也会飞吗？"这个机灵的孩子问，"就像你小时候那样飞吗？"

"像我那样飞！你知道吧，简，我有时候真闹不清我是不是真的飞过。"

"你飞过。"

"我会飞的那个好时光，已经一去不回了。"

"你现在为什么不能飞，妈妈？"

"因为我长大了，小亲亲。人一长大，就忘了怎么飞了。"

"为什么忘了怎么飞？"

"因为他们不再是快活的、天真的、没心没肺的。只有快活的、天真的、没心没肺的才能飞。"

"什么叫快活的、天真的、没心没肺的？我真希望我也是快活的、天真的、没心没肺的。"

或许温迪这时候真的悟到了什么。"我想，这都是这间育儿室的缘故。"她说。

"我想也是，"简说，"往下讲吧。"

于是她们开始谈到了大冒险的那一夜，先是彼得飞进来找他的影子。

"那个傻家伙，"温迪说，"他想用肥皂把影子粘上，粘不上他就哭，哭声把我惊醒了，我就用针线给他缝上。"

"你漏掉了一点。"简插嘴说，她现在比母亲知道得还清楚，"你看见他坐在地板上哭的时候，你说什么来着？"

"我在床上坐起来，说：'孩子，你为什么哭？'"

"对了，就是这样。"简说，呼出一大口气。

"后来，他领着我飞到了永无乡，那儿还有仙子，还有海盗，还有印第安人，还有人鱼的礁湖，还有地下的家，还有那间小屋子。"

"对了！你最喜欢的是什么？"

"我想我最喜欢的是地下的家。"

"对了，我也最喜欢。彼得最后对你说的话是什么？"

"他最后对我说的话是：'你只要老是等着我，总有一夜你会听到我的叫声。'"

"对了。"

"可是，唉！他已经完全把我给忘了。"温迪微笑着说。她已经长得那么大了。

"彼得的叫声是什么样的？"简有一晚问。

"是这样的。"温迪说，她试着学彼得叫。

"不对，不是这样，"简郑重地说，"是这样的。"她学得比母亲像多了。

温迪有点儿吃惊："宝贝，你怎么知道的？"

"我睡着的时候常常听到。"简说。

"啊，是啊，许多女孩睡着的时候都听到过，可是只有我醒着听到过。"

"你多幸运。"简说。

有一夜，悲剧发生了。那是在春天，晚上刚讲完故事，简就躺在床上睡着了。温迪坐在地板上，靠近壁炉，就着火光补袜子，因为育儿室里没有别的亮光。补着补着，她听到一声叫声。窗子像过去一样吹开，彼得跳了进来，落在地板上。

彼得还和从前一样，一点儿没变，温迪立刻看到，他还长着满口乳牙。

彼得还是一个小男孩，可温迪已经是一个大人了。她在火边缩成一团，一动也不敢动，又尴尬又难堪。

"你好，温迪。"彼得招呼她，他并没有注意到有什么两样，因为他主要只想到自己。在昏暗的光下，温迪穿的那件白衣服，就像他初见她时穿的那件睡衣。

"你好，彼得。"温迪有气无力地回答。她紧缩着身子，尽量把自己变得小些。她内心有个声音在呼叫："女人哪女人，你放我走。"

"喂，约翰在哪儿？"彼得问，突然发现少了第三张床。

"约翰现在不在这儿。"温迪喘息着。

"迈克尔睡着了吗？"他随便瞄了简一眼，问道。

234

"是的。"温迪回答，可她立刻感到自己对简和彼得都不诚实。

"那不是迈克尔。"她连忙改口说，否则她会心里不安。

彼得走过去看："喂，这是个新孩子吗？"

"是的。"

"男孩还是女孩？"

"女孩。"

现在彼得该明白了吧，可是他一点儿也不明白。

"彼得，"温迪结结巴巴地说，"你希望我跟你一起飞走吗？"

"当然啦，我正是为这个来的。"彼得有点儿严厉地说，"你忘记了这是春季大扫除的时候了吗？"

温迪知道，用不着告诉彼得，他已经漏过去好多次春季大扫除了。

"我不能去，"她抱歉地说，"我忘了怎么飞。"

"我可以马上再教你。"

"啊，彼得，别在我身上浪费仙尘了。"

温迪站了起来，这时，彼得突然感到一阵恐惧。"怎么回事？"他喊，往后退缩着。

"我去开灯，"温迪说，"你自己一看就明白了。"

就我所知，彼得有生以来，这是第一次害怕。"别开灯。"他叫道。

温迪用手抚弄着这可怜孩子的头发。她已经不是一个为他伤心的小女孩，她是一个成年妇人，微笑地看待这一切，可那是带泪的微笑。

然后温迪开了灯。彼得看见了，他痛苦地叫了一声。这位高大美丽的妇人正要弯下身去把他抱起来，他陡然后退。

"怎么回事？"彼得又喊了一声。

温迪不得不告诉他。"我老了，彼得。我已经二十多岁了，早就长大成人了。"

"你答应过我你不长大的！"

"我没有办法不长大……我是一个结了婚的女人，彼得。"

"不，你不是。"

"是的，床上那个小女孩，就是我的娃娃。"

"不，她不是。"

可是，彼得想这小女孩大概真是温迪的娃娃。他高高举起手中的短剑，朝熟睡的孩子走了几步。不过，当然他没有挥剑。他坐在地板上抽泣起来。温迪不知道怎样安慰他才好，虽然她曾经很容易做到这一点。她现在只是一个女人，于是她走出房间去好好想想。

彼得还在哭，哭声很快惊醒了简。简在床上坐起来，马上对彼得感兴趣了。

"孩子，"她说，"你为什么哭？"彼得站起来，向她鞠了一躬。她也在床上向彼得鞠了一躬。

"你好。"彼得说。

"你好。"简说。

"我叫彼得·潘。"他告诉她。

"是，我知道。"

"我回来找我的母亲，"彼得解释说，"我要带她去永无乡。"

"是，我知道，"简说，"我正等着你。"

温迪忐忑不安地走回房间时，她看到彼得坐在床柱上得意扬扬地叫喊着，简正穿着睡衣狂喜地绕着房间飞。

"她是我的母亲了。"彼得对温迪解释说。简落下来，站在彼得旁边，脸上露出姑娘们注视彼得时都会露出的神情，那是彼得最喜欢看到的。

"他太需要一个母亲了。"简说。

"是呀，我知道，"温迪多少有点凄凉地承认，"谁也没有我知道得清楚。"

"再见了。"彼得对温迪说。他飞到了空中，简也随他飞起，飞行已经是她最容易的活动方式了。

温迪冲到窗前。

"不，不。"她大喊。

"只是去进行春季大扫除罢了，"简说，"他要我总去帮他进行春季大扫除。"

"要是我能跟你们一道去就好了。"温迪叹了一口气。

"可你不能飞呀。"简说。

当然，温迪终于还是让他们一道飞走了。我们最后看到温迪时，她正站在窗前，望着他们向天空远去，直到他们小得像星星一般。

你再见到温迪时，会看到她头发变白了，身体又缩小了，因为这些事是老早老早以前发生的。简现在是普通的成年人了，女儿名叫玛格丽特，每到春季大扫除的时节，除非彼得自己忘记，他总会来带玛格丽特去永无乡。玛格丽特给彼得讲彼得自己的故事，彼得聚精会神地听着。玛格丽特长大后，又会有一个女儿，她又成了彼得的母亲。事情就这样周而复始，只要孩子们是快活的、天真的、没心没肺的。

彼得·潘

作者 _ [英]詹姆斯 · 巴里　译者 _ 杨静远

产品经理 _ 于仲慧　装帧设计 _ 李芸　产品总监 _ 韩栋娟

技术编辑 _ 丁占旭　责任印制 _ 梁拥军　出品人 _ 李静

果麦
www.guomai.cn

以 微 小 的 力 量 推 动 文 明

图书在版编目（ＣＩＰ）数据

彼得·潘 / (英) 詹姆斯·巴里著; 杨静远译. --
昆明: 云南人民出版社, 2024.4（2025.3重印）
ISBN 978-7-222-22396-7

Ⅰ.①彼… Ⅱ.①詹… ②杨… Ⅲ.①童话—英国—
近代 Ⅳ.①I561.88

中国国家版本馆CIP数据核字(2024)第006358号

责任编辑：陈浩东
责任校对：刘 娟
责任印制：李寒东

彼得·潘
BIDE PAN
［英］詹姆斯·巴里 著 杨静远 译

出　版　云南人民出版社
发　行　云南人民出版社
社　址　昆明市环城西路609号
邮　编　650034
网　址　www.ynpph.com.cn
E-mail　ynrms@sina.com
开　本　880mm × 1230mm　1/32
印　张　7.75
插　页　8页
印　数　11,001—16,000
字　数　178千
版　次　2024年4月第1版　2025年3月第3次印刷
印　刷　河北鹏润印刷有限公司
书　号　ISBN 978-7-222-22396-7
定　价　36.00元

如发现印装质量问题，影响阅读，请联系021—64386496调换